登場人物 Characters

マイア
ヨーログ
イルミス
グルムブル

Contents

教職員室における三年二組及び三組の担任教師の会話

傾きかけた太陽の光が差し込む、ノルク魔法学院初等部の教職員室。夏季試験の成績を反映させた生徒名簿を作成し終えたフィーアに、三年三組の担任教師デミトルが穏やかに声をかけた。

「フィーア先生。今回の試験はいかがでしたかな、二組の精鋭諸君は」

「みんなとても頑張ってくれました」フィーアは微笑《ほほえ》む。「試験なのでどうしても順位は付いてしまいますけれど、今回は補習の生徒が一人もいなかったんですよ」

「それは素晴らしい」デミトルはため息をつく。「私のクラスは、補習を三人も出してしまいました」

「先生のクラスは個性的な生徒が多いですものね。きっと学年末の試験で取り返してくれますよ」

「そう願いたいものです。編入生の彼はいかがですか、もうクラスに馴染《なじ》みましたか」

「ええ、すっかり」フィーアは名簿をデミトルに手渡した。「魔法は特訓中ですけれど、座学の成績はとても良いんですよ。学院長先生がおっしゃるだけあって賢い子で……あっ、いけない」

急に立ち上がったフィーアをデミトルは訝《いぶか》しげに見る。「どうしました、この後予定でも？」

「はい」フィーアははにかむように微笑んだ。「今日は、食事に誘われていまして」

「それはそれは。お若い方は羨ましい」デミトルは目を細めて頷《うなず》くと、名簿に目を落とした。

「どれ、二組諸君の成績は……」

生徒名簿

デグ

初等部三年夏季試験順位 30/46

ガライ王国の雑貨店の息子。ずぼらな性格で、あまり深く考えずに、思ったことを口に出すことが多い。浮遊の術が得意。ガレインとともに、トルクについてまわっている。

ガレイン

初等部三年夏季試験順位 38/46

ウィルコール王国の農家の息子。がっしりとした体格で、クラスではトルクの次に長身。無口で笑顔を作るのが下手なため、誤解されることが多い。いつもトルクについてまわっている。

レイドー

初等部三年夏季試験順位 14/46

フォレッタ王国の靴職人の息子。兄弟姉妹が多く、大人びた性格をしている。クラスのことをよく見ており、さらっと的を射た発言をする。時々急に集中力が切れることがある。

キュリメ

初等部三年夏季試験順位 18/46

フォレッタ王国の役人の娘。教室ではあまり目立たない存在だが、みんなのことを非常によく見ている。運動は苦手。あまり人と密接な関係を築こうとしないが、セラハとは仲が良い。

セラハ

初等部三年夏季試験順位 23/46

商業都市アルスハードの商家の娘。明るく朗らかで、他の生徒が距離を置くような生徒とも親しくなれる。人との距離感が近いので、自分に好意があるのではと勘違いする男子が多い。

バイヤー

初等部三年夏季試験順位 27/46

ガライ王国の教師の息子。クラスメイトたちから薬草博士と呼ばれるほど、植物全般に造詣が深い。武術は苦手。モーゲンと二人でクラスの隅っこでごそごそしていることが多い。

ピルマン

初等部三年夏季試験順位 34/46

ガライ王国の農家の息子。クラスでは地味な役回りが多いが、黙々と努力しており、本人も自分の影の薄さを楽しんでいる節がある。姿消しの術が得意。

アルマーク

初等部三年夏季試験順位 25/46

三年生で編入してきた北出身の生徒。穏やかな性格だが、心の内に情熱を秘めている。大変な努力家。まだ魔法は使えないが、才能の片鱗は見せている。武術に関しては別格とのこと。

初等部三年二組

ウォリス・モズヴィル

初等部三年夏季試験順位 1/46

クラス委員。ガライ王国の地方貴族の息子。一年生のときから成績は常に学年首位。冷静で穏やかな性格で誰からも慕われ頼られているが、時折翳《かげ》のある表情を覗かせることがある。

ウェンディ・バーハーブ

初等部三年夏季試験順位 6/46

ガライ王国の大貴族バーハーブ家の娘。成績は優秀で、特に魔法の技術は非常に高い。明るく面倒見の良い性格で、貴族、平民問わずどんな生徒とも分け隔てなく接する。

レイラ・クーガン

初等部三年夏季試験順位 4/46

ロゴシャ王国の貴族の娘。自分にも他人にも厳しく、笑顔を見せることは稀。成績は良いがそれに満足しておらず、何かに追われるように魔法の勉強に励んでいる。

トルク・シーフェイ

初等部三年夏季試験順位 8/46

ガライ王国の貴族の息子。大柄な体格で、クラスで最も長身。非常にまじめだが、粗野で皮肉屋な面がある。武術の授業でアルマークと衝突して以来、態度が少し柔らかくなった。

モーゲン

初等部三年夏季試験順位 42/46

ガライ王国の木こりの息子。穏やかな性格で、食べることが大好き。気が弱いせいで本来の実力を発揮できずにいたが、編入生のアルマークとの交流を通して、成長の兆しが見え始めている。

ネルソン

初等部三年夏季試験順位 32/46

マイクス公国の騎士の従者の息子。いつも真っ先に発言する元気な性格。少し思慮の浅いところはあるが、物おじせず、裏表のないさっぱりした性格をしている。

ノリシュ

初等部三年夏季試験順位 16/46

ラング公国の大農家の娘。明るく面倒見の良い性格で、クラスの女子の中心的存在。ネルソンとよく口げんかをしている。言葉を大切にしており、風の魔法を得意とする。

リルティ

初等部三年夏季試験順位 20/46

フォレッタ王国の王立音楽院の楽士の娘。喋る声が非常に小さい。人見知りで、ルームメイトのノリシュの陰にいつも隠れている。両親の影響からか、音感に優れている。

序章

どことも知れぬ、深い闇の底。暗黒の中に沈むようにしてその祭壇はあった。

祭壇の上に安置された重厚な石の櫃《ひつ》の蓋が、ごとりと揺れた。その音はすぐに闇の中に浸《し》み込むようにして消えたが、しばらくすると辺り一帯から、さわさわさわ、と乾いた葉擦れのような音が聞こえてきた。


「立て、ウォリス」

地の底から響くような、低い声。それに呼応するように立ち上がった金髪の少年の美しい顔は泥にまみれ、その唇には血が滲《にじ》んでいた。

日の光の差し込まない深い森の奥は、昼だというのにまるで夜のように暗かった。

「闇深いこの地でいつまでもそんなところに寝転がっていれば、貴様は闇に食われる」

どこからか聞こえてくる低い声は、突き放すように言った。

「貴様がどうなろうと知ったことではないが、役目だけは果たしてもらわねば世界が迷惑するのだ」

「世界など知ったことか」

ウォリスは吐き捨てた。

「僕は奪われたものを取り戻す。それまでは闇になど食われん。それだけのことだ」

「ならば貴様が食らうしかない」

声は低く笑った。

「闇に食われる前に、貴様自身が闇を食らうしか、な」

「続けろ」

ウォリスは立ち上がると、手の甲で乱暴に唇の血を拭った。

「もう一度だ」


今日も強い日差しが照り付ける。ノルク島は、夏だ。

生徒たちのほとんどが帰省してしまったためにすっかり閑散としたノルク魔法学院の正門で、衛《えい》士《し》のジードは大きく伸びをした。いつもならそんな気の緩んだ姿を生徒に見られるわけにはいかないのだが、休暇の間はその心配もないので特別だ。

「おや」

道の向こうから、二人の少年が歩いてくるのが見えた。それが誰なのか、ジードにはすぐに分かった。休暇に入ってしばらくしてから、同級生のウェンディの屋敷を訪ねると言ってここを出ていったアルマークとモーゲンだ。

「やっと帰ってきたのか。だいぶ長い旅になったなあ」

そう呟《つぶや》くと、ジードは両手を大きく振った。

「おうい。二人ともお帰り」

ジードに気付いたアルマークが手を振り返す。隣を歩くモーゲンは、暑さのせいだろう、片手を振りながらもう一方の手でしきりに汗を拭っている。

「ジードさん、戻りました」

正門までたどり着いたアルマークが、弾んだ声で言った。

「ちょっと向こうでの滞在が長引いてしまって」

「そうみたいだね」

「ああ、やっと帰ってこられた」

アルマークの隣でモーゲンがぼやく。

「疲れたあ、ノルク島は暑いよ」

「無事に戻ってこられて何よりだよ」

ジードはそう言って、アルマークの顔を覗《のぞ》き込《こ》んだ。

「また少し雰囲気が変わったね」

「えっ、そうですか」

アルマークはモーゲンと顔を見合わせる。

「どうだい、モーゲン。僕、変わったかい」

「僕には分からないよ」

モーゲンは汗を拭きながら首を振った。

「いつものアルマークだ」

「まあ、夏の旅は少年を成長させるからね」

ジードの言葉に、アルマークはよく分からないという顔をする。

「ジードさん、僕は。僕はどうですか」

そう言いながらモーゲンがぐいぐいと視界に割り込んでくるので、ジードは少し身体《からだ》を離してモーゲンを眺めた。

「うん、モーゲンはまた少し丸くなったかな」

「珍しいものをたくさん食べたからだ」

モーゲンは笑顔で自分のお腹《なか》をぽんぽんと叩《たた》く。

「旅って、それがいいですよね」

「そうだね。やっぱり旅の醍醐味《だいごみ》は行く先々の土地の食べ物だよね」

ジードは優しく頷《うなず》いた後で、またアルマークに目を戻す。

「アルマーク君も、いい経験ができたかい」

そう言ってから、自分の言葉に自分で首を振った。

「いや、君の場合は特別か。そもそも、はるか北からここまでずっと旅をしてきた、旅の専門家みたいなものだもんな」

「そんなことないですよ。僕がずっとしてきたのは、一人旅でしたから。今回は、全然違いました」

アルマークは微笑《ほほえ》む。

「モーゲンがいてくれたので」

その言葉に、モーゲンも照れくさそうに笑った。

「僕も。アルマークと一緒だったから、楽しかったです」

「それはよかった」

すっかり打ち解けて強い絆《きずな》のようなものまで垣間見《かいまみ》える二人の姿に、ジードは笑顔で頷く。アルマークはそんなジードを見て、ふと表情を改めた。

「ジードさんこそ、僕らの休暇中もずっとここでお仕事なんですか。大変ですね」

「ああ、僕かい」

ジードは微笑む。

「まあね。僕らの仕事には、休みってものがないから。正門を留守にするわけにはいかないからね」

そう言った後で、ジードは二人に顔を近付けて声を潜めた。

「でも、実は僕にも楽しみがあるんだよ」

「えっ、何ですか」

アルマークもつられて声を潜める。ジードは嬉《うれ》しそうに口元を綻ばせた。

「今日これから、フィーア先生と二人で食事に行くことになってるんだ」

「ええっ」

大きな声を上げたのはモーゲンだ。

「フィーア先生と二人で？」

「モーゲン、内緒にしておいてくれよ」

ジードに釘《くぎ》を刺され、モーゲンは自分の口を両手で押さえてこくこくと頷く。

「君たちの休暇中は、先生方も時間に余裕があるからね。前からお誘いはしてたんだけど、やっと実現したんだ」

ジードは少し誇らしげに胸を張る。

「さざ波通りの一番いい店に行ってくるよ」

「いいなあ」

モーゲンが心から羨ましそうな顔をした。

「僕も連れてってください」

「えっ」

ジードの顔が引きつるのを見て、アルマークは苦笑する。

「モーゲン、さすがにそれはだめだよ」

そう言って、アルマークはモーゲンの服の袖を引っ張った。

「さあ、僕らは寮に帰ろう。それじゃあ、ジードさん」

「ああ。疲れているだろうから、今日はゆっくり休むといいよ」

「はい」

正門を抜け、二人は寮に向かって歩き出す。寮の夕食は何だろう、と無邪気に話すモーゲンと、それに寄り添うように歩くアルマーク。数か月前に出会ったばかりの二人が、ジードの目にはもうずっと昔からの友達のように見えた。

「最初はどうなることかと思ったけど。アルマーク君にもいい友達ができてよかった」

ジードは自分のことのように嬉しそうに呟いて、二人を見送った。

アルマーク

3

闇の遺跡編

第一章

マイアの手伝い

ガライ王国の北部ミレトスにあるバーハーブ家の屋敷での滞在を終え、数日かけて学院に戻ってきたアルマークとモーゲンは、休暇が終わるまでの間、再び閑散とした寮で過ごさなければならなかった。

寮に帰った初日こそ、ネルソンやノリシュから届いていた手紙に返事を書いたり、学院長にお土産《みやげ》を持って挨拶に行ったり（留守だったが）して忙しく過ごしたものの、翌日からは、あの「冬の屋敷」での日々はなんだったのかと思うほど単調な生活が待っていた。

しかし、生活は変わり映えがしなくても二人の心境には大きな変化があった。

アルマークは、もともと休暇中は瞑想《めいそう》と読書中心の生活をしていたのだが、帰ってきてからは、さらに熱心にいろいろな書物を読むようになった。

休暇後にいよいよ始まる魔法の補習に向け、瞑想の訓練にもこれまで以上の集中力で取り組んだ。

意外だったのはモーゲンまで熱心に魔法の練習を始めたことだ。

「今回のことで、僕の魔法は今のままじゃ何かあったときに役に立たないってよく分かったんだ」

モーゲンはそう言って、黙々と地道な訓練に励むようになった。

素人のアルマークから見ても、モーゲンの魔法は寮に戻ってから着実に上達してきていることがよく分かった。


そんなある日のこと。

いつものように朝食を終えて、食堂を出ようとした二人は、寮の管理人のマイアに突然呼び止められた。

「ちょっと、あんたたち。そこの細いのと太いの」

「えっ」

アルマークとモーゲンは顔を見合わせる。

「細いのと太いのだって」

モーゲンが自分の顔を指差す。

「僕らのことかな」

「そう、今自分の顔を指差してる小太り、あんたたちだ。ちょっとこっちにおいで」

マイアがぱたぱたと手招きをする。しわがれた小さな老婆だというのに、その手招きの速度が恐ろしく速い。

「やっぱり僕らだった」

二人は恐る恐るマイアの前に並んだ。マイアの背丈は、子供の二人よりもさらに頭二つ分以上小さい。すごい角度で曲がった腰のせいで、顎が今にも床に着いてしまいそうだ。

「な、なんでしょうか」

モーゲンが緊張した顔で言うと、マイアは唐突にこんなことを言った。

「カッシスが夏風邪をひいちまったんだ」

「……？」

「そう言えば分かるだろう」

マイアは下からじろりと二人の顔を見上げる。

「ええと」

二人は顔を見合わせた。

「あんたたち、三年生だろ？」

「……」

「そうなのかい、違うのかい。返事しなきゃ分からないだろ」

「はい」

「そうです」

二人が答えると、マイアはため息をつく。

「ったく、最近の若いのはいちいち言わないと分からないんだねえ。いいかい、あんたたちはこの寮で最上級生の三年生なんだから、こんなことは言われなくたって分かるだろう。カッシスが夏風邪をひいたら、あんたたちはどうすりゃいいんだい」

「あっ」

そこまで聞いてようやくモーゲンは、さっきからマイアが口にしているカッシスというのが、寮の共有備品の管理や簡単な修繕などをやってくれている老人の名前だということに気付く。

「カ、カッシスさんが風邪をひいたら、えーと」

モーゲンがしどろもどろに話し始めるが、アルマークはまだぴんと来ていない。

「モーゲン、カッシスさんって誰だい」

その言葉にマイアの顔がたちまち険しくなる。

「毎日世話になってて、名前も知らないのかい。ここに二年半も住んでるんだろう、あんたはとんだ恩知らずだね」

マイアに睨《にら》まれ、アルマークは「いや僕はまだ今年から」と言いかけるが、モーゲンに肘を引っ張られる。この人に理屈は通じない、とモーゲンの目が言っているのが、別に魔法でもなんでもないのにはっきりとアルマークにも伝わった。

「あんたたちはカッシスのことをただの便利な小間使い程度に思っているのか知らないが、あれはあれで立派な男さ。文句も言わずよく働く。いなくなっちまったらこの寮は回らないよ」

マイアは二人の交わしている目配せに構わず喋《しゃべ》り続ける。

「いなくならないように、みんなでカッシスを大事にしなきゃいけないんだ。風邪ひいてるのに働かせられるかい。幸い今は休暇中だから、生徒はあんたら含めて九人しかいない。カッシスが普段やってることの十何分の一の労力で済むんだ。それならあんたら二人でできるじゃないか。それが最上級生の責任ってもんだ。普段は恩知らずな分、こういうところでちゃんと恩返ししな」

マイアが彼女一流の理論で話しているのはアルマークにも分かったが、さすがにこの言い方はないだろうとも思った。だが、アルマークが反論しようとする暇もなく、モーゲンが即答してしまった。

「やります」

「おい、モーゲン」

アルマークは慌てて友人の肩を叩《たた》くが、逆にモーゲンの丸っこい手がしっかりとアルマークの肩を摑《つか》んだ。

「アルマーク、やろう」

「やるのは別に構わないさ。でも、マイアさんのこの言い方はあんまりじゃないか」

「マイアさん、僕らでやります！」

アルマークの不満はモーゲンの大声でかき消された。

「そうかい。じゃあ頼んだよ。明日からカッシスが元気になるまでの間、朝食の後で私のところに仕事伺いに来るんだよ」

マイアは満足気にそう言うと、引き上げていく。腰がひどく曲がっているのに、歩くのは恐ろしく速い。と、食堂の出口で突然ぴたりと足を止め、二人を振り向いた。

「ああ、とりあえず今日のところは三階の階段の手摺《てすり》が壊れてるから、修理しといておくれ。道具はカッシスがいつも使ってる用具室にあるのは知ってるね？」

「知ってます！」

モーゲンが答えると、マイアは頷《うなず》いて今度こそ歩き去っていく。

「モーゲン」

アルマークは自分の肩を掴んでいるモーゲンの手を外すと、非難がましく彼の顔を見た。

「別に寮の仕事をやるのは構わないさ。でもマイアさんのあの言いぐさはあんまりじゃないか。どうして何も言い返さずに言うことを聞くんだよ」

しかしモーゲンは首を振る。

「マイアさんにはお世話になってるんだよ。一年生のときなんて特に分からないことだらけで、本当に迷惑かけちゃったし。それに」

「それに？」

「これは噂《うわさ》だけど」

モーゲンは声を潜めた。

「マイアさんに逆らうと、すごく怖い目に遭うらしいんだ。この寮の地下室に閉じ込められちゃうんだって」

「……」

アルマークの沈黙に、モーゲンは慌てて腕を振り回す。

「あっ、また僕の持ち込んだ下らない噂だとか思ってるでしょ！」

「だってこの寮に地下室なんてないじゃないか」

アルマークは言った。彼の知る限り、寮の一階に、地下へと下りる階段はない。

「前に一組のやつから聞いたんだよ！」

頬《ほお》を紅潮させて、モーゲンは抗弁する。

「どこかに地下室が隠されてるかもしれないじゃないか」

「また一組のやつか。君の噂の出どころはいつもそこだな」

アルマークは腕を組んだ。

「つまり、秘密の地下室ってことかい」

「そう、秘密の地下室！　いいこと言うね」

モーゲンは嬉《うれ》しそうに頷く。

「マイアさんは自分に逆らった子供を、自分だけが知ってるその秘密の場所に閉じ込めちゃうんだよ」

「何のために？」

「罰を与えるためさ」

どうしてそんなことを聞くんだ、と言わんばかりにモーゲンは即答する。

「マイアさんの言うことを素直に聞く子供になるよう、しつけし直すんだ。マイアさんの秘密のお仕置き部屋なんだよ」

「しつけって一日や二日でできることじゃないだろ？　この学院で突然行方不明になった生徒っているのかい」

「そ、それは、僕が入学してからはいないけど……」

「じゃあ、急に人が変わったようにいい子になってしまった生徒は？」

「え、ええと」

モーゲンがしどろもどろになったところで、アルマークはため息をついて言った。

「もういいよ。確かに僕たちは最上級生だからね。カッシスさん……だっけ？　その人が元気になるまで頑張ろう」

「うん」

モーゲンはほっとしたように頷く。しかし、アルマークには疑問が残っていた。

「……でも、残ってる生徒で三年生って僕らだけだっけ？　他にもいた気がするけど」

「残ってる生徒の半分は三年生だよ。……運が悪かったのさ」

モーゲンが首を振る。

「マイアさんの視界にたまたま入った僕らの運がね」

「うーん……」

釈然としないアルマーク。

「なんだか納得いかないなぁ」

「じゃあやらないかい？　マイアさんに断りに行って、誰か他の子にやらせてくれって言うかい？　それともあの年のマイアさんに、あんた一人でやれって言うかい？」

「……分かった、分かったよ。もう言わないよ。やるよ、モーゲン」

降参したアルマークは、モーゲンと二人で用具室に行き、工具を持ち出すと三階の階段に向かった。

壊れた木の手摺を、工具を使って器用に直し始めたモーゲンを見て、アルマークは感嘆の声を上げる。

「すごいな、モーゲン。上手じゃないか」

「まあ僕は木こりの息子だからね。本職じゃないけど、木を扱うことならこのくらいは」

モーゲンは作業の手を休めることなく、まんざらでもない様子で答える。

「君が傭兵《ようへい》の息子だから、戦いが強いのと同じだよ」

「そうだね、そういうものか」

アルマークは妙に納得して、モーゲンが操る工具の動きを飽きずに眺めた。

翌日から、朝食の後で管理人室に顔を出し、マイアからその日の仕事を言いつけられる毎日が始まった。管理人室で待ち受けているマイアは、二人の顔を見るやいなや、

「来たね。今日はこれだよ」

と言ってその日の用事を言いつける。大半は、簡単な修繕や日用品を校舎に取りに行くなどの些《さ》細《さい》な用事で、短時間で終わったが、時には半日がかりの作業になるようなこともあった。

最初はモーゲンに付き合う形で渋々引き受けたアルマークだったが、意外に日常の刺激になることが分かり、だんだんとこの仕事が気に入りはじめていた。毎日の仕事は、ほとんどの場合大した時間もかからず、瞑想や読書の邪魔にはならなかったし、モーゲンの生き生きとした作業を見ながら、それを自分で真似《まね》してみるのも楽しかった。

確かにマイアは言いたい放題で、いまだに二人にありがとうの一言も言ったことはなかったが、その物言いにももう慣れてきて、アルマークもモーゲン同様、「ああ、この人はそういう人なんだ」と思うようになっていた。モーゲンによれば、一年生のときからマイアと接している他の三年生たちはもうとっくにその境地に達しているらしかった。

誰かがやらなきゃならないことなら、別に僕らがやったっていいか。アルマークは今では、そんな感覚で仕事をしている。

その日も朝食を終え、二人は管理人室に向かっていた。

「もし魔術師になれなかったら、二人でこんな風に何でも屋みたいなことをやるのもいいかもね」

モーゲンの言葉に、アルマークは肩をすくめて答える。

「そりゃ君はいいけど、僕は何にもできないぜ」

自分もそれなりに器用なつもりでいたが、こと工具を使っての作業に関しては完全にモーゲンのほうが上手だということを、アルマークはもうすっかり認めていた。

「じゃあ君は僕の護衛役ってことで」

にこにこしながらモーゲンが言う。

「あの長い剣を背負って、僕を守ってよ」

「どうして、何でも屋に護衛が必要なんだよ」

アルマークは苦笑いで答える。

「さて、今日はどんな仕事かな」

「どうでもいいけど、カッシスさんの風邪ってまだ治らないのかな」

「そういえば長いよね」

そんなことを話しながら管理人室の前に到着し、アルマークが扉をノックする。

マイアはノックしたからといって返事はしてくれないのだが、ノックしないで入ったらそれはそれで怒られたので、ノックしてから返事を待たずに入る、ということに二人は決めていた。

「入りまーす」

二人で声を揃《そろ》えて言い、扉を開けて中に入る。

「ああ、来たね」

マイアが部屋の奥の安楽椅子から二人をじろりと見る。

「今日の仕事はそれだよ」

指差されたテーブルの上に置かれていたのは、古びた鍵。アルマークが手に取ると、子供の手にはやや大きく、ずっしりと重かった。

「これは？」

「地下室の鍵さね」

マイアがさらりと言う。それを聞いたモーゲンが、ひっ、と声を上げた。

「つ、ついに出た！　ち、ちち地下室だ」

「何言ってんだい、あんた」

マイアはモーゲンをじろりと見る。

「そろそろ休暇も終わりだろ？　そうしたら地下室にある看板を出してこなきゃだろう」

「看板？」

アルマークがきょとんとすると、マイアは、ふん、と鼻を鳴らした。

「休暇が明けてすぐに武術大会があるだろ。あれで外からお客さんがたくさん来るからね。学院の中で迷っちまう人が出ないように、寮の周りにもいろいろと案内の看板を立てなきゃならないのさ。

それが地下室にしまってあるんだよ」

それを聞いたモーゲンが恐る恐る確認する。

「で、でもこの寮に地下室なんてないじゃないですか」

「あるから鍵があるんだろ」

マイアは呆《あき》れたように言った。

「さっきから何を言ってんだい、あんたは」

「どこにあるんですか、地下室って」

青い顔で小刻みに震えているモーゲンの代わりに、アルマークが尋ねる。少なくとも寮の中には、地下に下りる階段はないはずだ。

「なんだい、知らないのかい。あんたたち、子供のくせに外に出てないんじゃないのかい。裏の植え込みの陰の壁に小さな扉があるだろ。あそこが物置の入り口だよ」

「も、物置？」

モーゲンが聞き返す。

「地下室じゃないんですか？」

「どっちだっていいだろ。地下にある物置なんだから」

「も、物置なんですか。秘密の地下室って物置だったんですか」

「誰が秘密だなんて言ったんだい」

「いえ、誰も言ってません」

モーゲンがふるふると首を振り、マイアは怪訝《けげん》そうな顔をした。

「何言ってるんだか知らないけど、とにかく物置の奥の木箱の中に看板が入ってるからね。それを持ってきておくれ。いいかい、一つ残らず持ってくるんだよ。中に入ってる看板以外の木材にも何一つ余計な物はないからね。一本でも足りないと看板が組めなくなるから絶対に忘れるんじゃないよ」

マイアは怖い顔で念を押した後で、

「さあ分かったらさっさと行っとくれ。こっちは忙しいんだ」

と言うと、いつものように編み物を始める。どう見ても忙しそうには見えない。

「行こう、モーゲン」

アルマークは、まだ微《かす》かに震えているモーゲンを促して部屋を出た。

地下室

「アルマーク！」

管理人室を出た途端、興奮したモーゲンがアルマークの肩を摑む。

「伝説の地下室は実在したんだ！」

「伝説って」

アルマークは古ぼけた鍵を手で弄びながら、モーゲンを白い目で見た。

「君が勝手に言ってたやつだろ。なんだっけ、マイアさんの地獄の拷問室だっけ」

「違う違う、マイアさんの秘密のお仕置き部屋」

「ああ、それだ」

アルマークは頷く。

「マイアさん、物置って言ってたじゃないか」

「本当にそうとは限らないよ。行ってみたら、恐ろしい拷問器具がずらりと並んでるのかも」

モーゲンも譲らない。二人は寮の外に出て、マイアに言われた通り、壁沿いにぐるりと歩いて、植え込みの陰に回ってみる。すると確かにそこに、寮の壁に半ばめり込むようにして、粗末な金属扉があった。

「ずいぶんちゃちい伝説への扉だけど……君はこんな扉があるって知ってたかい」

アルマークが尋ねると、モーゲンは扉を見つめたままで首を振る。

「ううん、全然知らなかった。こんな植え込みの陰、何も用がないのに来ないもの」

「そうだろうね」

モーゲンも知らないなら、アルマークが知らないのも無理はない。

「じゃ、開けるよ」

アルマークは鍵を扉の歪《ゆが》んだ鍵穴に差し込んだ。ひどく固い。がちゃがちゃと何度か乱暴に回すと、ようやく鍵は開いた。力を込めて扉を引き開けると、かび臭いにおいが外に漏れ出した。

「うわ……」

アルマークの肩越しに中を覗《のぞ》き込《こ》んだモーゲンが、情けない声を上げる。大人一人がやっと通れるくらいの粗末な石段が、地下に向かって延びていた。石段は途中で緩やかに左に曲がり、その先は地下の闇に消えている。

「あ、アルマーク……ごめん、僕はこれはダメだ」

さっきまでの元気はどこへやら、モーゲンが後ずさる。

「暗いところと狭いところ。僕の苦手なものが二つも揃ってしまった……」

「地下室って暗くて狭いもんだろ」

「いや、これはもう無理……」

モーゲンは青い顔で首を振る。

「いいよ、モーゲン。どうせ看板と木材を外に運び出すだけだろ？　僕が取ってくるよ」

アルマークは言った。

「君はここで待っていて、受け取ってくれればそれでいいさ」

「ごめんよ、アルマーク」

「いつもは君ばかり働いて、僕は役に立っていないからね。今日は僕が働くよ」

申し訳なさそうな顔のモーゲンを安心させるように、アルマークは微笑《ほほえ》む。

とはいえ、地下室の中は相当暗そうに見えた。灯《あかり》の術一つ使えないアルマークにはランプがないと厳しそうだ。一旦自分の部屋にランプを取りに戻った後、改めてアルマークはそれを掲げて階段に足を踏み出した。

「じゃ行ってくるよ」

「足元、気を付けてね」

モーゲンが心配そうに言う。

「ああ、大丈夫……」

アルマークは階段を慎重に下りていく。階段は途中から緩やかに曲がり、外から差し込んできていた光を遮ってしまった。石段を下りるにつれて、外の音も遠ざかり、アルマークの靴が石段を叩く硬質な音だけが響くようになった。しばらく下りると、入り口の金属扉と同様に粗末な木の扉があり、階段はそこで終わっていた。

アルマークが押してみると、きしんだ音を立てながら扉はゆっくりと開いた。

室内は、予想した通り真っ暗だった。ランプをかざすと、意外に広い部屋だということが分かる。いろいろな物が雑然と置かれているようだ。

壁に燭台《しょくだい》を見つけたので、つまずかないようにそちらに移動し、ランプの火を移す。明るくなった室内で、アルマークは思わず呟《つぶや》いた。

「……どれだ？」

無秩序に置かれた雑多な品物に混じって、いくつもの木箱があった。まさかこの中から看板とやらの入った木箱を探せというのか。どれだけ時間がかかることやら、とアルマークはため息をつく。

「さて……」

とりあえず、手近の木箱を開けてみた。かび臭い何かの布が詰め込まれている。違う。その隣の木箱を開けてみる。これも違う。他に適当に二つほど開けてみたが、やはり入っていたのは看板ではなかった。

そういえば、とアルマークは思い出す。マイアさんは、奥の木箱、という言い方をしていた。きっと部屋の奥に置かれた木箱のことなのだろう。

だがこの地下室には奥というほどの広さはなかった。それでもぐるりと見回すと、入ってきた扉と反対側の壁に、物に埋もれるようにして子供のアルマークがぎりぎりで通れるくらいの小さな木の扉があることに気付いた。

……まさか、奥ってこの奥か？

そんなわけないだろう、と思いつつも周りの物をどかし、念のため扉を押してみる。開かなかったらそれでやめようと思っていたのに、扉は安っぽい音を立てて簡単に開いてしまった。

アルマークは仕方なく扉をくぐり、ランプを掲げてから、ひどく困惑した。

なんだ、ここは。

照らし出されたのは、奇妙な空間だった。さっきの簡素な長方形の部屋と違い、こちらの部屋はきれいな円形をしていた。床材も、名前までは分からないが、さっきの部屋とは明らかに違う上質な石が使われている。見上げれば、天井も高くドーム状に組まれていた。旅の途中で見かけた、盗掘に遭った古代の貴族の墳墓に似ていた。

大きさはさほどではないが、雑然と物が置かれていたさっきの部屋と対照的にこの空間には何もないせいで、ひどく広く感じる。

……木箱も何もないじゃないか。

アルマークは念のため、部屋の中央まで歩み出ると、ランプで周囲を一回り照らした。やはり、何もない。ここはマイアさんの言いつけとは関係ない場所みたいだ。

元いた部屋に戻ろうとアルマークが振り向くのと、木の扉が音を立てて閉まるのは、ほとんど同時だった。

「え？」

アルマークがランプの光を向けると、閉じた扉の前に何かがうずくまっていた。

それがゆっくりと身体《からだ》を起こす。忌まわしいその姿が、北の記憶と直結した。

アルマーク、お前はガルバとメリーを連れて逃げろ。振り返るんじゃねえぞ。父の言葉が蘇《よみがえ》る。

父さん、どうしたの。何が出たの。そう尋ねたアルマークに、レイズはその名を告げたのだった。

「……デリュガン」

それは、灰色の狼《おおかみ》のような姿をしていた。だが、その体毛は逆立ち、一本一本が刃《やいば》のように研ぎ澄まされていた。自らの身を守るためでも寒さを防ぐためでもなく、その毛皮は人を切り刻むためだけに使われるのだ。

目にしたことがある。戦ったこともある。アルマークの手のひらは冷たい汗で濡《ぬ》れた。

北の森では、闇の深い夜に「森の魔笛」と呼ばれる奇妙な音が鳴り響くことがある。そうすると、森の奥からやって来るのだ。闇の眷族《けんぞく》と呼ばれる、恐るべき魔物たちが。

ここはノルク魔法学院の寮の地下だというのに。なぜ、こいつがいるんだ。

だが、見間違うはずもなかった。それは北で猛威を振るう闇の眷族、魔獣デリュガンだった。

アルマークは素早くランプを床に置く。いつまでも驚いている暇などなかった。デリュガンは問答無用で人間の敵だ。多くの獣は自分の身を守るためや獲物として捕食するために人間を襲うが、デリュガンが人間を殺すのに理由はない。そこに人間がいる。だから殺すのだ。

愛用の長剣を持っていてさえ、勝てるかどうか分からない魔獣だというのに、今のアルマークは丸腰だった。しかも、デリュガンは唯一の出口である扉の前にいる。逃げることすらできない。

自分が今、非常にまずい状況に置かれていることを、アルマークは理解した。大きく後ろに飛《と》び退《の》いて、デリュガンから距離を取る。普通の獣であれば、刺激しないように静かに距離を取るのが正解だろう。だがデリュガンは違う。刺激などされようがされまいが、必ず人を襲うからだ。

その赤く濁った目が、アルマークを捉えていた。アルマークは知っている。あの赤い両目の下、刃のような毛並みに隠れた場所に、デリュガンはさらに二対の目を持っている。目と呼ぶにはあまりに醜悪な形状をした器官だが、その働きからすれば、目と呼ぶ以外にないものだ。

アルマークをじっと見据えたまま、デリュガンがゆっくりと口を開く。開くというよりも、歪めた、という表現の方が正確かもしれない。犬や狼であればまず不可能な奇怪な顎の動きで、デリュガンは口を開けた。次の瞬間、不快な音が辺りを包む。鳴き声のような、異界の言葉のような醜悪な音。人間の感じる不快をすべて集めたようなその音に、アルマークの全身は総毛立った。デリュガンは口からその音を発しながら、ゆっくりと立ち上がる。

体軀《たいく》は、予想よりもやや小さかった。北の森で出くわしたデリュガンは四つ足で立ち上がった段階でもうアルマークの背丈を超えていた。しかし今目の前にいるデリュガンはそこまでではない。普通の犬や狼に比べればはるかに巨大だが、それでもアルマークの背丈と同じくらいだ。

アルマークがこの闇の魔獣についてじっくりと観察できたのは、そこまでだった。デリュガンが

右の前脚をそっと持ち上げたからだ。それが何の合図なのか、アルマークは知っていた。

来る。

とっさに、横っ飛びに身体を投げ出す。その瞬間に横から凄《すさ》まじい風圧が押し寄せた。さっきまでアルマークの立っていた空間を、デリュガンの鋭い爪が抉《えぐ》っていた。

あれだけの距離があったというのに。一瞬でもう僕の横に。

アルマークはそのまま転がって距離を取って起き上がる。やはり闇の魔獣は問答無用だった。ただひたすらにその爪で、牙で、刃のような毛で、人間を切り刻むだけなのだ。

デリュガンがアルマークを見て再び口を歪めた。その瞬間。

「！」

まるで閃光《せんこう》のような突進。再びアルマークは飛び退き、ぎりぎりでデリュガンの爪をかわす。この凄まじい速さ。緩と急の著しい落差。それがデリュガンの恐ろしさだ。歴戦の傭兵《ようへい》でさえ、油断すればたちまちに首と胴とが切り離される。

どうすればいい。アルマークは必死に頭を回転させる。丸腰のままでデリュガンを倒す方法などない。アルマークが生き延びる方法はただ一つ。あの木の扉をくぐって、元来た部屋へと逃げることだ。どうしてここにデリュガンがいるのか。そんな疑問は二の次だ。

アルマークは、階段の上で待っているであろうモーゲンのことを考えた。律儀なモーゲンのことだ。きっと上がってすぐの場所で離れることなく僕を待ってくれているだろう。大声で叫べば、届くだろうか。誰かの助けを。せめて、僕の部屋から長剣を。

「モーゲン！」

アルマークは叫んだ。デリュガンの発する奇怪な音がぴたりと止《や》む。

「聞こえるか、モーゲン！」

アルマークの声はドーム状の天井に反響して、歪んで消えた。聞こえただろうか。聞こえたなら、モーゲンは必ず返事をしてくれるはずだ。だが、アルマークの耳には彼の返事は聞こえなかった。

「モーゲン！」

もう一度叫ぶ。その瞬間、デリュガンが鳴いた。まずい。アルマークは横っ飛びに飛び退いたが、わずかに反応が遅れた。魔獣の爪の一撃は空を切ったが、それに続いて襲ってきた刃のような毛まではかわし切れなかった。右肩から血を飛び散らせながら起き上がったアルマークに、デリュガンがゆっくりと向き直る。逆立つ毛並みが、かちゃかちゃと不快な金属音を立てた。

だめだ。アルマークは思った。人の助けを期待すれば、自分の中の生き延びようという本能が鈍る。デリュガン以外のものに意識を向けるのは、今は命取りだ。

モーゲンのことはひとまず忘れよう。どうせこの部屋の深さでは、何度叫んでも届きはしない。それよりも、デリュガンの一挙手一投足から目を離さないことだ。アルマークは覚悟を決めた。

唯一の脱出口である木の扉。デリュガンの背後にあったはずのその扉は、デリュガンとアルマークが目まぐるしく位置を変える中で、今ではアルマークの右手側にあった。対峙《たいじ》するデリュガンの隙をついて、あの扉に駆け寄れれば。

アルマークは慎重にそのタイミングを測った。デリュガンの首がゆらりと動く。来る。アルマークは横っ飛びにデリュガンの爪をかわすと、そのままの勢いで扉に突っ込んだ。取っ手を摑《つか》み、強く引く。だが、扉はまるで城塞の重い金属扉でもあるかのようにびくともしなかった。

「なっ」

なぜ。その一瞬の驚愕《きょうがく》が致命的な隙を生む。しまった。後悔とともに身体を床に投げ出すが、遅かった。デリュガンの爪が服に引っかかり、アルマークの身体はそのまま宙に放り出された。

ぞっとする浮遊感。世界が回る。北の傭兵の息子の身体はそれでも重力の方向を見誤らなかった。血を舞わせながら、それでも軽やかに着地したアルマークを見て、デリュガンは口をぐちゃりと歪めた。笑ってやがる。アルマークは血の混じった唾を床に吐く。

入ってくるときはあんなに簡単に開いた木の扉が、今は固く閉ざされている。その理由を考える暇を闇の魔獣は与えてくれそうになかった。

デリュガンはまたゆっくりと前脚を上げる。アルマークが身をかわして爪が空を切ると、デリュガンは奇声を上げた。もう一度。アルマークが再びデリュガンの攻撃をかいくぐると、魔獣は口を歪めて奇声を上げた。その声がさっきよりも大きい。

苛立《いらだ》ってるんだ。アルマークは思った。ちょこまかと逃げるな。諦めて、絶望の中で死ね。大方そんなことを言っているんだろう。だが、お生憎様《あいにくさま》だ。僕は今日まで、生きるために戦ってきた。

死ぬために戦ったことなんて一度もない。

デリュガンが、ふしゅ、と息のようなものを吐く。その口から不揃《ふぞろ》いのねじ曲がった牙が覗いた。

集中しろ。アルマークは自分に言い聞かせた。集中しろ、アルマーク。生き残るんだ。

生きる、というシンプルな目的に絞ったがために、余計な雑念が晴れ、自分のやるべきことが分かった。アルマークは刃のような毛を震わせるデリュガンの巨体を見た。

活路はある。自分が扉を開けられないのなら、あいつを使えばいい。

アルマークはゆっくりと円を描くようにして回る。デリュガンが一声吼《ほ》えて彼に向き直ると、アルマークはそこで足を止めた。

来い。アルマークはデリュガンの動きに全ての神経を集中した。魔獣の前脚の爪が、石の床で小さな音を立てる。来る。

デリュガンが飛びかかってくる。しかしアルマークは今度は動かなかった。歯を食いしばって、恐怖に耐えた。デリュガンが一瞬で目の前に迫る。その顔が醜く歪むのを、アルマークは見た。刃のような毛並みの下にある醜悪な二対の目が、どろどろとした粘質の涙を流しながら自分を見つめているのを見た。そこまで引き付けてから、アルマークは身を低くしてデリュガンの腹の下に飛び込んだ。刃のような毛に身体中の至るところを切り刻まれる激痛とともに、アルマークはデリュガンの背後に回り込んでいた。それと同時に、大きな衝突音がした。

血塗《ちまみ》れの顔を上げたアルマークは、自分の作戦が成功したことを知る。アルマークのすぐ背後には木の扉があったのだ。アルマークはわざとその位置まで移動してデリュガンを待ち構え、そして攻撃をぎりぎりまで引き付けた。アルマークに身体の下に潜り込まれて目標を見失い、勢い余った魔獣は自らの身体で扉を破壊してしまったのだ。

扉を壊しただけではなかった。刃のような体毛が壁に複雑に食い込んでしまったせいでデリュガンは身動きが取れなくなっていた。もがく魔獣の背後にアルマークは駆け寄った。デリュガンがその膂力《りょりょく》に任せて身体を引き抜いたときがチャンスだ。その瞬間にアルマークは開いた隙間から隣の部屋へと飛び込んで脱出するつもりだった。

そのときアルマークは不意に、デリュガンの背中の鋭い体毛の中に、埋もれるようにして木の棒が一本刺さっているのを見付けた。

なんでこんなものが。そう疑問に思うよりも先にアルマークの身体は動いていた。武器になるかもしれない。

戦場では、使えるものは何でも使う。それは傭兵として培われた本能だった。アルマークはその棒を掴むと、力を入れて引き抜いた。その瞬間、デリュガンの背中から眩《まばゆ》い光が溢《あふ》れ出《だ》した。

周りの一切が白く染まるほどの凄まじい光。何だこれは、と狼狽《うろた》えた一瞬後。

その光に包まれて、アルマークは意識を失った。

気が付くと、アルマークは元の最初の地下室の真ん中にいた。ぼんやりと立っている自分に気付き、慌てて全身を確認するが、かすり傷一つ負っていなかった。服にも切れ目一つなかった。

デリュガンはどうしたんだ。だが周囲を見回すまでもなかった。いない。辺りを圧していた邪悪な殺気が、嘘《うそ》のように消《き》え失《う》せていた。

奥の壁を見ると、間違いなくあったはずの木の扉がない。

「そんなばかな」

アルマークは壁に駆け寄り、手で触って確かめたが、そこはやはり単なる壁で、扉があったという痕跡もなかった。その代わりかのように、壁際に木箱が置かれていた。

中を開けると、道案内の看板や木材が入っている。マイアさんが言っていた箱というのは、これのことに違いない。アルマークが持ち上げようとすると、木箱は傷んでいたのか、底が斜めに歪み、中の木材が隙間からぼろぼろと床に落ちた。

「ああ、もう」

アルマークは床に散らばった木材を慌てて拾い集める。もともといろいろなものが乱雑に置かれていた床だ。どれがもともとの木材で、どれが違うのか、もうよく分からない。とりあえずそれっぽい木材は全て木箱に入れ、アルマークは慎重に底を持って持ち上げる。

……ここは魔法学院だ。おかしなことも起きるさ。

アルマークは無理に自分を納得させた。木箱を階段の一段目に置き、地下室に戻って燭台の火を吹き消す。真っ暗になった地下室を出るときに、アルマークはふと思った。

そういえば、僕はランプをどこに置いてきたっけ……。

階段の上から、モーゲンの心配そうな声が微かに聞こえてくる。

まあ、いいか。ここは魔法学院だ。

アルマークは大声でモーゲンに返事すると、木箱を持って慎重に階段を上がり始めた。


同じ頃。寮の管理人室。

扉がノックされ、開いた。マイアはいつもの安楽椅子で編み物をしながら、ちらりとそちらを見る。

「ああ、帰ってたのかい」

「ええ」

笑顔で入ってきたのは、白髪に長い白髭《しらひげ》を蓄えた老人。学院長のヨーログだった。

「ご苦労だね。学院長ともあろうものが、あちこち飛び回ってさ」

「久しぶりに星が動いたので」

青い目を細めてヨーログはくだけた口調で答えると、マイアの向かいの椅子に断りもなく腰を下ろして頭を下げた。

「それよりも、今回は無理なお願いをしてしまって。だいぶ強引になされたとか」

ふん、とマイアは鼻を鳴らす。

「あんたの頼みがそもそも無茶苦茶《むちゃくちゃ》なんだから、ある程度強引になるのは仕方ないだろ」

「しかし、考えましたな。聞いたときは私も驚きましたぞ。急病のカッシスの代わりを彼らに頼むとは」

「まあ小太りのモーゲンの方はついでだけどね。あたしだってこんなことやりたかないけど、他にやりようがないだろう。あのアルマークの坊やは不満そうだったよ。ま、あたしが強引なのはいつものことだから不思議には思われなかったろう。生徒に嫌われるのなんざもう慣れっこだしね」

「それでカッシスの仕事の穴埋めですか。だいぶ何日も他のことをやらせたようですが」

「あんたが絶対にしくじれないって言うからじゃないか。万に一つもあの子たちが疑問に思っちゃいけないと思って慎重を期したのさ。いきなり地下室に行け、じゃ怪しむだろう」

「……すみません、お気を使わせましたな」

ヨーログがまた頭を下げる。

「で、カッシスの病気の様子は」

「カッシスが病気なもんかい」

マイアは呆れたように言った。

「ノルクの街の宿でのんびり休暇を楽しんでるよ。まあそれも今日までだけどね」

「いろいろとご面倒をおかけしましたな」

申し訳なさそうな言葉とは裏腹に、ヨーログの顔は楽しそうだ。マイアはそれを見て顔をしかめる。

「それにしても、そんなに急がなきゃならないのかい。あの子はまだこっちに来て半年も経《た》ってない。魔法の一つも使えないんだろ」

「ええ。事態はこの老いぼれが予想していたよりも早く進んでおるようです」

ヨーログは言った。その顔に暗い影がさす。

「庭園の遺跡のことはご承知でしょう。今、あの場所が非常に不安定になっているのです」

「あんたが二人も連れてくるからだろう、あそこを動かせる子供を」

マイアはじろりと学院長を睨んだ。

「あんたの自業自得さ。毎日こつこつ、こつこつと弱い継ぎ目を叩かれ続けてるようなものなんだからね。どんな頑丈な扉だって、ずっと叩かれてりゃ緩みや軋《きし》みも出てくるだろうよ。他の何の関わりもない生徒たちを危険に晒《さら》してるって自覚はあるんだろうね」

「ええ、そこは理解しています」

ヨーログはマイアの言葉を認めた。

「ですがこれは」

「分かってるよ。未来のために必要な過程だって言いたいんだろ。私だって別にあの子たちを放り出せって言ってるわけじゃない」

マイアはヨーログから目を逸《そ》らし、手元の編み物を再開する。

「そんなことをしたら、たちまち悪い連中に絡めとられちまう。その点は、あんたの判断は間違っちゃいないさ」

「ご理解いただけて何よりです」

ヨーログは髭に包まれた口元を微かに緩めた。

「だからこそ、今のうちにあれを正当な持ち主に渡さねばなりません。あれが今のような状態のままでは、いつ、どんな方法で敵に奪われてしまうやもしれませんから」

「面倒な魔法がかかってるもんだ」

マイアはうんざりしたような声を出す。

「その価値を知る者や、それを手に入れることを目的とする者には、決して手に入れることができない。ふざけた魔法さ。つまりは、あれが何なのか全く知らずに、偶然持って帰ってこなきゃならない」

「ええ」

ヨーログが頷き、マイアは顔をしかめて首を振る。

「敵から隠すためとはいえ、やりすぎじゃないのかい。おかげで、あんたにしろあたしにしろ、あれの価値を知ってる人間は誰もあそこから移動させることすらできなかった」

「誠におっしゃる通りですな」

ヨーログは苦笑した。

「ですが、正式な所有者を得れば、我々の手で触れることも護《まも》ることも可能になる。今日、彼が正式な所有者と認められ、あれを持ち帰ってくるのであれば……」

ヨーログは身を乗り出してマイアを見る。

「それを、運命と呼ぶ気にはなりませんか」

マイアは苦々しい顔で首を振った。

「運命なんてのはあたしの専門外だ。星ばっかり見てるあんたに任せるよ。それに、確かあれにはもう一つ護りの魔法がかかっていただろう」

「ええ、かかっておりますな。持ち主にふさわしいかどうか、闇と戦う力があるのかどうか、その勇気を試すのだそうです」

ヨーログは自信に満ちた顔で頷く。

「ですが、彼ならばやり遂げるでしょう」

「試験でも試練でも……」

マイアは編み物の手を休めずに言った。

「与える方はいつも気楽なもんさ。だけど、やる方はいつだって命懸けだよ」

「そうですな。おっしゃる通りです」

ヨーログは苦笑する。

「おそらく近いうちにもう一つ、遺跡に絡む試練が訪れるでしょう」

「遺跡だって？」

マイアはじろりとヨーログを睨んだ。

「まさか、もう庭園の遺跡にあの子を放り込むつもりじゃないだろうね」

「決して、私がやらせようというわけではありませんが」

ヨーログは曖昧な物言いをした。

「ですが、これも試練とならざるを得ないでしょう。大きな運命の渦が絡み合った結果、予想外の波が生まれたとでも言えばいいのか」

ヨーログの青い目が、薄暗い室内で奇妙な輝きを帯びていた。

「こればかりはどう転ぶのか、私にも判断が付きません。ただ、しくじれば武術大会を開くどころの話ではなくなることは確かでしょう」

「当たり前だよ、あの遺跡に隠されたものが噴き出したら、それはもうこの世界の危機じゃないか。武術大会どころじゃない、学院そのものが吹っ飛ぶほどの話さ」

マイアは言った。

「そんなことを、あの子にやらせようっていうのかい」

「あの子たち、です」

ヨーログはマイアの言葉を訂正した。

「アルマークは一人ではない。彼はこの学院で魔法以外のかけがえのないものを手に入れようとしています。いや、必ずや手に入れてもらわねばならない」

「ふん。あの子たち、か」

マイアはため息をついて編み物に目を落とす。

「アルマーク坊やもあんたが見つけた子だったね」

「ええ、星の動きに導かれて北の地に赴いた折に」

「今年の三年生には、あんたがそうやって見つけてきた子が三人もいる。ちゃんと入学できるのはウェンディくらいかと思ってたがね。ウォリスも来たし、とうとうアルマークも来た。まさか二年も遅れてくるとは思わなかったけれど、なんだかんだで揃うもんだね」

「ええ。もう諦めていましたので、アルマークが来たことには私も驚きました。ですがきっとこれも偶然ではないのでしょうな。見えざる大きな力が働いて」

「また、運命かい。聞きたくないね」

マイアはうんざりした顔で首を振った。

「いずれにしても、アルマークはちゃんと大事に育てておやりよ。あんな高貴な子はめったにいない」

「ん？　マイアさんにはお伝えしたと思いましたがな。あの子は北の傭兵の」

「そんな卑近なことを言ってるんじゃないよ。あたしが今まで何人の生徒を見てきたと思ってるんだい。最初寮に来たとき、すぐに分かったよ。ジードの似合わないマントなんか羽織っちゃいたけどね。あんな高貴な子は初めて見た」

「ああ、そういう意味でしたか」

ヨーログは顔を綻ばせた。

「さすがはマイアさん。生徒のことが全部頭に入ってらっしゃるのに、知らない振りをするのは疲れませんかな？　その優しさを分かりやすく表に出していただけば、生徒からの人気ももう少し」

「これがあたしのやり方だよ。文句があるならいつでも首にしてくれて構わないよ。管理人なんてのはうるさがられるくらいでちょうどいいんだ」

「……まあ、生徒の方もそんなにばかではありません」

ヨーログは椅子から立ち上がった。出口へと向かいながら、顔だけをマイアに向ける。

「魔術師はありのままを見よ、という先生方の教えが生きている。あなたの表面しか見ない子ばかりではない。だからこそ強引な命令とはいえ、モーゲンはすぐに引き受けたのでしょう。あの子はあなたの優しさを理解している。とても強くて優しい子だ」

「そんなことは言われなくたって分かってるよ。アルマークみたいな子にはね、ああいうモーゲンみたいなのが必要なのさ」

「これは……私ごときが口出しすることではありませんでしたな」

ヨーログはおどけたような表情で一礼すると、そのまま、管理人室の扉を開けた。

「大丈夫、あの子たちはきっとやり遂げますぞ」

「あたしが心配してるのはそんなことじゃない。その先のことだよ」

「肝に銘じましょう」

ヨーログの姿が廊下に消え、静かに扉が閉まると、マイアは深いため息をついた。

看板と木材の詰まった木箱を管理人室に持ち込むと、マイアはじろりとアルマークを見た。頭からつま先まで胡乱《うろん》な目でじろじろと眺めた後で、何も言わずに中の看板や木材を一つ一つ取り出して確認する。その中の一つ、何の変哲もない木の棒を箱から取り出したとき、マイアの表情が険しくなった。

「これは看板の木材じゃないね」

「え？」

アルマークとモーゲンは顔を見合わせた。地下室の床に木材を落としたときに、どれが本来の木材か分からなくなり、適当にその辺の棒も木箱に詰め込んでしまった。もしかしたら、それかもしれない。

「この棒は木材じゃない。あんたが持っていきな」

マイアが突き出す手が、微かに震えていた。言われた通りに、アルマークはその棒を受け取る。

「あれ？」

まるで初めて握ったわけではないかのような感覚。その棒はひどくアルマークの手に馴染《なじ》んだ。

「ちょうど杖《つえ》くらいの長さだ。杖にしちゃ不《ぶ》恰好《かっこう》だけど」

横から覗き込んだモーゲンが言う。

「アルマーク、部屋での練習用の杖にしたら？」

「ああ、そうだね。休暇明けにはイルミス先生から魔法も教えてもらえるみたいだし」

アルマークは笑顔で頷いた。

「じゃ、マイアさん。この棒もらって帰ります」

「ああ。その辺に捨てるんじゃないよ」

木箱をなおもごそごそと探りながら、アルマークの方を見もせずにマイアは言った。

「誰かが踏んで転んだりしたらいけないからね」

「はい」

帰ろうとする二人を、不意にマイアが呼び止めた。

「ああ、あんたたち」

振り向く二人に、マイアはぶっきらぼうに言う。

「カッシスが元気になったから、明日からは来なくていいよ」

二人は顔を見合わせた。それから、はい、と返事をして出ていこうとする。その背中に、マイアが言った。

「今日までご苦労さん」

驚いた二人がもう一度振り向くと、マイアは嫌な顔をした。

「なんだい」

「いえ、何でもないです」

二人は管理人室を出た。

「……マイアさんが、ご苦労さん、だって」

モーゲンがそう言ってアルマークを見る。その顔が早くも緩んでいた。

「言わせてやったな」

アルマークはモーゲンの肩を叩く。二人は、顔を見合わせて笑った。アルマークの手には、不恰好な木の棒がしっかりと握られていた。

アルマーク

3

闇の遺跡編

第二章

休暇の終わり

休暇が終わりに近付くと、徐々に学院に帰ってくる生徒が増えてきた。寮は少しずつ、休暇前の賑《にぎ》やかさを取り戻しつつあった。しかしそれは、休暇の間ずっと寮に残っていた生徒にとっては、のんびりとした休暇の終わりを告げる、どこか寂しい賑やかさでもあった。

休暇が終わるまであと三日というところで、ネルソンが帰ってきた。

「おう、二人とも元気だったかよ！」

真っ黒に日焼けしたネルソンは、寮の前にいたアルマークたちを見るなり大きな声を上げて手を振った。

「お帰り、ネルソン。君こそ元気そうだ」

アルマークも手を振って応える。

「まあな。毎日暇さえありゃ剣を振ってたぜ」

ネルソンはそう言って快活に笑った。

「いい休みだったよ。充実してたな」

「それはよかった」

「お前らもウェンディのお屋敷行ったんだろ？　どうだった？」

「楽しかったよ、とっても。ね、アルマーク」

モーゲンが笑顔で答え、アルマークも頷《うなず》く。

「うん。行ってよかったな」

「そりゃよかった。寮にずっといたんじゃさすがに息が詰まっちまうからな」

ネルソンは休暇の話はそれで終わりとばかりに、荷物を地面に乱暴に置いた。

「そういうわけでよ、アルマーク。俺は夏の特訓の成果を試したくて、うずうずしてるわけだ」

そう言いながらネルソンは荷物を漁《あさ》り、布で包んだ練習用の剣を取り出す。

「お前にどこまで近付けたか試させろ、アルマーク！」

「ずいぶんいきなりだな。まずは部屋に荷物を置いてきたらどうだい」

「休みの間中、お前がトルクを吹っ飛ばした技をイメージして練習してたんだ。ようやく実物のお前を目の前にして、我慢できるわけねえだろ」

やる気満々のネルソンを困ったように見て、アルマークは首を振った。

「付き合ってやりたいけど、だめだ」

「え？　なんでだよ」

アルマークは両手を挙げる。

「だって僕は君と違って剣を持ってない」

「えぇ？　なんか棒っきれとかないのかよ」

ネルソンはあからさまにがっかりした顔をした。

「こっちはもう剣まで出したんだ。収まり付かねえって」

「そう言われてもな」

「あ、そうだ。アルマーク、あれ使ったら？」

見かねたモーゲンが口を挟む。

「ほら。この間マイアさんからもらった棒っきれ」

「そうか。あれがあったか」

アルマークは微笑《ほほえ》んだ。あれならちょうどいい。

「そうだね。ちょっと取ってくるよ」

「え、お前らマイアさんから棒っきれもらったの？」

ネルソンが目を丸くする。

「何やってたんだよ、休みの間……」

「まあ、ちょっとね」

モーゲンは含み笑いで答えを濁した。

「何でも屋の仕事の報酬としてね」

「はあ？　なんだ、それ」

二人がそんな会話をしている間に、アルマークは自分の部屋に置いていた木の棒を持って寮の前に戻ってきた。ただの棒だというのに相変わらず、使い馴染《なじ》んだ長剣と同じようにアルマークの手にしっくりと馴染む。

「おっ、ちょうどいい長さじゃねえか」

「よし、じゃあやろうか」

アルマークが棒を右手に持って構えると、ネルソンも剣を構えて嬉《うれ》しそうに笑った。

「やっぱりアルマークは雰囲気があるよな。へへ、そうじゃなくっちゃ」

モーゲンが見守る中、二人の武術の稽古が始まった。ネルソンの打ち込みを、アルマークは棒で捌《さば》く。練習してきたというだけあって、ネルソンの打ち込みはなかなかに鋭かった。速さだけなら、最初の武術の授業で手合わせしたときのトルクと同じくらいあるのではないか。

「ほんとに練習してたんだな、ネルソン。いい打ち込みだ」

アルマークの賛辞に、ネルソンはにやりと笑う。

「まだまだ！　こんなもんじゃねえぜ！」

ネルソンは打ち込みの速度をさらに上げた。アルマークは余裕を持って捌くが、確かにネルソンの一撃一撃に努力のあとが窺《うかが》えた。力強い打ち込みを捌いているうちに、アルマークは自分が剣を握りたての頃、打ち込みをし合った北の幼馴染《おさななじ》みの顔を思い出していた。

　懐かしいな。

　アルマークの脳裏に浮かんだのは、黒狼《こくろう》騎兵団の斧《おの》の名手〝黒戦斧《こくせんぷ》〟ゲイザックの息子、ガルバ。

「アルマーク、勝負だ！」

　まだアルマークが戦場に出るようになる前のことだ。ガルバはいつもそう言って勝負を挑みに来たものだ。同い年の幼馴染としてまるで兄弟のように育った二人だったが、戦場に出たのはアルマークの方が先だった。その早さが北でも破格だったということもあって、アルマークが南へ行くために黒狼騎兵団を離れることになったときでさえ、ガルバはまだ戦場に出ていなかった。

　二人の間に差が付いたという見方もできなくはないが、もともと二人の実力には大きな差があった。木の棒で何度打ち合っても、勝つのはたいていアルマークの方だった。だが、ガルバは決して負けを認めなかった。その負けず嫌いな性格は傭兵《ようへい》として、戦士として、きっと優れた資質となるのだろうな、とアルマークは思っていた。

　毎日木の棒で打ち合う二人の傍らで、それを楽しそうに見ていたのは妹分のメリーだ。

「アルマークお兄ちゃん、頑張れ」

　そう言ってメリーはいつもアルマークを応援してくれた。そのたびにガルバは膨れっ面で「メリーはえこひいきするなよ。俺のことも応援しろ」と文句を言っていたものだ。

　仲のいい三人だった。大人からはぐれてしまって三人だけで思わぬ冒険をしたこともあった。

今、二人はどうしているだろう。ガルバはもう戦場に出たのだろうか。黒狼の一騎として、戦場を駆けているのだろうか。そうだとすれば、メリーは母隊でその帰りを心配して待っているのかもしれない。

そんなことを考えているうちに、アルマークは無意識に北の感覚を思い出していた。目の前に飛んできた突きを打ち払う。ほら、胸ががら空きだ。

「いてっ！」

ネルソンの声で我に返った。北の感覚のまま、木の棒でネルソンの胸を突いてしまっていた。

「あ、ごめん」

胸を押さえてうずくまったネルソンに、アルマークは慌てて声をかける。

「大丈夫か、ネルソン。当てるつもりはなかったんだ」

背筋がひやりとした。北の感覚で棒を振るってしまったことに、わけもなく罪悪感のようなものを覚える。瞬間的にアルマークの脳裏をよぎったのはあの日の夜明けに見た、ウェンディのか細い背中だった。苦しそうで悲しそうで、けれど凛《りん》とした強さを併せ持つ、気高い少女の後ろ姿。

『傭兵なんて――』

「大丈夫だ」

アルマークの動揺を吹き飛ばすように、ネルソンが大声を上げた。

「でも、くっそー、やっぱ強えな」

ネルソンは悔しそうに顔を上げる。よかった、大したことはなさそうだ。アルマークはほっとする。

「やっぱり防具がないと危ないな。もう今日はやめにしよう」

「頂はまだ遠いぜ……」

ネルソンが首を振って呟《つぶや》く。

「結構練習したのにな」

「そりゃアルマークにはかなわないよ」

モーゲンが訳知り顔で頷く。と、

「あ」

「ん?」

モーゲンが突然アルマークたちの背後を見て固まった。二人もつられて振り返ると、荷物を持って寮に近付いてくる人影が見えた。

「レイラ」

アルマークが呟く。たった一人、足早に寮に向かって歩いてくるのは、レイラだった。整ったその顔に、相変わらず冷たい空気をまとっていた。

げ、とネルソンが変な声を出す。

「俺と同じ船だったのか。なんでこんなに早く帰ってきやがった」

「怖い……僕の休みは終わった」

とモーゲン。レイラは寮の前まで来ると、そこにいる三人を一瞥《いちべつ》し、そのまま通り過ぎようとする。

「お帰り、レイラ」

アルマークが声をかけると、レイラは足を止めた。アルマークたちをじろりと見やり、それから微《かす》かに眉をひそめる。

「あなたたち、休暇中ずっと寮に残ってたの？」

「僕とモーゲンはね」

アルマークは答えた。

「ネルソンはさっき帰ってきたところだ」

「ふぅん」

興味なさそうに顎だけで頷き、レイラは寮に入っていこうとする。

「今日はなんだか嬉しそうだね」

アルマークの言葉に、レイラは顔をしかめて振り返った。

「は？」

その険しい表情に、モーゲンがアルマークの後ろで小さくなる。だが、漂うぴりっとした空気にも、アルマークはまるで無頓着だった。

「休暇の初日に庭園で会ったじゃないか。ちょうど君は港へ行くところだった。あのときの君は、ほんとに憂鬱そうに見えたから気になっていたんだ。だけど、今は嬉しそうだ」

レイラは、珍しいものを見るような顔で、アルマークの顔を無遠慮に眺めた。しばらくそうした後、アルマークの表情が変わらないのを見て、ふっと目を逸《そ》らす。

「……そりゃね」

レイラはどこか遠くを見るような目で言った。

「ここは自由だもの」

その顔にごくわずか、寂しそうな表情が入り混じる。それが、以前アルマークに、私には時間がない、と告げた彼女の姿と重なった。

「今、クラスで寮にいるのは僕ら三人だけなんだ」

アルマークは言った。

「せっかくだから、今日の夕食、一緒に食べようよ」

その提案に、彼の後ろでネルソンとモーゲンが声にならない叫びを上げる。レイラはもう一度、不思議そうにアルマークの顔をまじまじと見た。

「……別にいいけど」

アルマークの背後で、ネルソンの「うぇっ!?」という声がした。

「あなたって変わった人ね」

レイラはにこりともせずにそう言って、今度こそ、寮に入っていった。

「アぁルマーク！」

レイラが立ち去った後すぐに、ネルソンが後ろから、両腕でアルマークの首を絞めてくる。

「お前ってやつはぁ！」

「な、なんだよ」

アルマークが腕を振りほどくと、ネルソンは今度は前から抱きついてきた。

「よくやったぁぁ！」

「えぇ？」

「レイラと一緒に夕飯が食えるなんて！　お前、すげぇ！　勇者だな！　度胸あるぜ、感動した！」

「な、何が」

「ほんとにすごいよアルマーク」

モーゲンもアルマークに尊敬の眼差《まなざ》しを向ける。アルマークは、冬の屋敷でもモーゲンからこんな目を向けられたことはなかった気がするな、と考えた。

「あのレイラを、あんな自然に夕食に誘うなんて」

モーゲンは眉を寄せて目を閉じ、首を振る。

「僕には絶対できない。君を尊敬するよ」

「ちょ、ちょっと待ってくれ」

アルマークは言った。

「二人とも、むしろさっきはレイラのこと嫌がってたじゃないか。なんでそんなに喜んでるんだ」

「ばっか、お前」

ネルソンが笑顔でアルマークの肩を叩《たた》く。

「無愛想なレイラはただの怖い女だけど、愛想のいいレイラとか、最高じゃねぇか！」

「そうだよ、あんな美人が笑顔で一緒にご飯食べてくれるんだよ！」

モーゲンも笑顔で両手を挙げた。

「生きててよかった」

「えぇ？」

アルマークはますます困惑する。

「レイラ、別に笑顔じゃなかったじゃないか」

「普段のむすっとした顔に比べたら、あれはもはや満面の笑みだろうが！」

いつもよりほんの少しだけ柔らかい表情だったような気はするが、満面の笑みどころか笑顔は一切なかったはずだ。僕の感覚がおかしいのだろうか。アルマークは首を捻《ひね》る。

「そもそも、さっきからきれいきれいって言ってるけど、レイラはそんなにきれいかな。ウェンディの方がずっとかわいいじゃないか」

「これだから」

ネルソンが呆《あき》れたように首を振る。

「お前も今自分で言っただろ、ウェンディは『かわいい』なんだよ。そんでレイラは『きれい』じゃねぇか！」

「僕にはその違いが分からない」

アルマークは首を振った。

「僕はウェンディの方がいいと思うけどな」

それにすごく優しいし、と付け加えると、ネルソンは首を振った。

「分かってねえな、優しいとかこの際どうでもいいんだよ！　今話してるのは、顔のことだろ、顔の！」

ネルソンの言葉に、やはり納得がいかないアルマーク。

「ウェンディだって顔がかわいいと思うけど……」

「なんだよ、アルマーク。さっきからウェンディ、ウェンディって。そんなにウェンディのことが好きなのか？」

「好き、か」

アルマークはネルソンの言葉の意味を考える。ウェンディのことは、好きだ。でもきっとネルソンが今使っているのは、僕が考えているのとは少し違う意味での『好き』のはずだ。

それはまだアルマークには、よく分からない。

「分からないな」

「なんだ、そりゃ」

ネルソンは肩を落としたが、すぐに興奮した顔でアルマークの肩を叩く。

「まぁとにかく、お前の手柄だアルマーク！　凄《すご》いぞ、今日の夕飯は」

そう叫ぶと、練習用の剣を振り回し始めた。

「危ないぞ、ネルソン」

アルマークは自分の持つ木の棒でそれを受け止める。と、モーゲンが何かに気付いて、「あっ！」

と声を上げた。

「どうした、モーゲン」

ネルソンが怪訝《けげん》そうに動きを止める。モーゲンは深刻そうな顔で二人を見た。

「……今日の僕ら、レイラを入れたら四人だよね」

「ああ、そうなるな」

「ってことはだよ。誰が、レイラの隣に座るの？」

その言葉を聞いたネルソンの顔が強《こわ》ばる。

「そ、それは大問題だな」

「え？　何が？」

「でも、隣も緊張するけど目の前も緊張するよな！」

「そうだね！」

「二人ともさっきから何を言ってるんだ？」

「モーゲン、俺はやっぱり目の前がいい。あのきれいな顔を眺めながら食べる夕飯は格別かもしれない」

「えぇ？　じゃあ僕がレイラの隣？　照れるな。ちゃんと食べられるかな」

「ネルソン？　モーゲン？」

「大丈夫だ。お前ならやれる。自分を信じろモーゲン！　この学院で初めてレイラの隣に座って夕飯を食った男の栄誉はお前に譲ろう」

「うう、そんな称号、僕には重すぎる。耐えられるだろうか……」

　ネルソンとモーゲンの間で勝手にどんどんと話が進んでいく。アルマークはもう諦めて二人に全てを任せることにした。

「まあ何でもいいけど、二人も嬉しいのなら誘ってよかったよ」

「お前のそういう冷静なところ、すげぇよな……。まあそんなだからああやって平然とレイラを誘えたりするんだろうけど」

　ネルソンは言いながらまただんだんと興奮してきたようで、剣を振り回し始める。

「うおー！　アルマーク！」

「だから、危ないって」

ネルソンの打ち込みをアルマークが棒でいなしていると、たまたま通りかかったマイアがその光景を見て、「ひっ」とおかしな声を上げた。

「あ、あんたたち！」

マイアに怒鳴られて二人は動きを止める。

「そんなところでチャンバラごっこしてるんじゃないよ！　怪我《けが》したらどうするんだい！」

「はーい」

二人は返事をして、打ち合いをやめた。

「その棒、その辺に転がしとくんじゃないよ！」

「分かりました」

アルマークが素直に返事すると、マイアは首を振って「まったく、何も分かっちゃいないんだから……」などとぶつぶつ呟きながら歩き去っていく。

「とにかく、夕飯が楽しみだ」

マイアを見送った後、ネルソンが満面の笑みで二人に言った。

「二人とも、遅れるんじゃないぞ！」

「うん！」

「あ、ああ」

それからアルマークは、夕食までの時間を異様な興奮状態の二人と過ごしたのだった。

夕食を受け取って、アルマークたち三人はテーブルについた。寮に戻ってきた生徒が徐々に増えているとはいえ、食堂にはまだまだ空席が多い。休暇が終わり全員が帰ってくれば、この食堂のテーブル全てがぎっしりと埋まるのだ。

隣のネルソンと向かいのモーゲンがそわそわしているのが、アルマークにも分かったが、まだレイラは来ない。

モーゲンが「アルマーク、やっぱり席交換しよう」と言って立ち上がり、すぐに自分で、いやダメだ、と言って座り直すという行為を何度か繰り返した。

「モーゲン、落ち着けよ。みっともないぜ」

ネルソンがモーゲンをたしなめるが、そのネルソンにしても、さっきからテーブルの下で細かく膝を揺らしている。

「レイラ、来ないな。気が変わったのかな。冷めないうちに食べ始めようか」

アルマークが提案すると、ネルソンが激しく首を振った。

「いやいや、気は確かか。もう少し待とうぜ」

やがて、夕食を終えて部屋に戻る生徒も出始めて、さすがのネルソンも諦め顔になった頃、ようやくレイラが姿を見せた。

「あ、レイラ。こっちこっち」

アルマークが手を振ると、今までなんやかやと喋《しゃべ》っていたモーゲンとネルソンが急に静かになる。

レイラは、夕食を受け取ると三人の方にゆっくり歩いてきた。

「……まだ食べてなかったの？　もう冷めてない？」

三人の食事を見てレイラは眉をひそめる。

「君を待ってたんじゃないか」

アルマークが言うと、レイラは「別によかったのに」と言いながらモーゲンの隣に座った。モーゲンはネルソンと目を合わせて、嬉しそうな笑顔を浮かべる。

「さっさと食べましょ」

レイラはそう言って、すぐに食事に口をつけた。

「お、おう」

ネルソンが気圧《けお》されたように答え、慌てて食べ始める。モーゲンとアルマークもそれに続いて食べ始めた。

レイラは特に三人と話す気もないようで、黙々と食事を口に運ぶ。ネルソンとモーゲンはちらちらとレイラを見て、何か話しかけようとするが、その勇気が出ないらしく、お互いに目配せをし合っている。アルマークは、もうその辺のことには構わないと決めていた。

「休暇が終わって授業が始まったら、すぐに武術大会があるんだろ？」

アルマークが食事を口に運びながらネルソンに尋ねる。

「ん？　あ、ああ」

「試合ってクラス全員が出るのかい」

なんでそんな話題なんだよ、という顔をしながらもネルソンは首を捻る。

「いや、違ったと思うぞ。俺たちも出るのは今年が初めてだから、はっきりとは分からねえけど」

「五人よ」

レイラが食事に目を落としたまま答えた。

「一試合五人」

「五人しか出られないのか」

アルマークの言葉に、レイラは呆れたようにため息をつく。

「前にボーエン先生が言ってたでしょ。全然聞いてないのね」

「言ってたかな」

「出るのは一試合につき、男子四人、女子一人。クラス対抗で、三年生の一組、二組、三組の総当たり。各クラスがそれぞれ二試合ずつすることになるから、うちのクラスで出る生徒は全部で十人」

レイラの言葉に、アルマークは首を捻った。

「そうするとうちのクラスは十六人だから、出ないのは六人だけか。女子の代表はきっと君とウェンディだろうね」

レイラは面倒そうに小さく首を振り、返事もしない。

「試合には俺も出るぜ。夏の間ずっと剣の練習してきたからな」

ネルソンが言うと、レイラは顔を上げ、眉をひそめてネルソンを見た。

「……夏の間中？　いいわね、暇で」

ネルソンはぐっと言葉に詰まった。

「武術の練習を夏中やって、一体何になるつもりなの」

冷たい声で言うレイラを、アルマークがたしなめる。

「レイラ、その言い方はおかしいよ」

それを聞いて、向かいのモーゲンが慌てて首を振った。

「アルマーク、ちょっと」

「ネルソンは暇だから武術をしていたわけじゃない。武術大会に向けて一生懸命練習してきたんだよ。それを、そんな言い方はないじゃないか」

「……それが、暇だって言ってるのよ」

レイラは白けた声を出した。

「いまだに魔法の一つも使えない人とか、武術の練習ばっかりしている人とか。本当に暇でいいわね。あなたたちが将来なりたい魔術師って、その程度で手の届くところにあるものなの？」

そう言いながら、レイラは三人の顔を見もしない。眉間に皺《しわ》を寄せ、フォークで野菜をまとめて刺して口に運ぶ。

「私の目標はもっと高い。今のまま努力を続けても、届くか分からないところにある。だから、あなたたちのように無駄なことをしている暇はない」

「そんなに努力して、それでも届かない目標ってなんだよ。さぞかしご立派な目標なんだろうな」

ネルソンが言った。気分を害しているのだろう、言葉に刺《とげ》がある。

「答える必要はないわ」

レイラはばっさりと切り捨てた。

「答えたところで、あなたが正確に理解できるとも思えない」

「お前、俺だってなぁ」

ネルソンが言いかけるのを、モーゲンが慌てて止める。

「ちょ、ちょっと二人とも。せっかくなんだから楽しく食べようよ」

「もう食べ終わったわ。ごちそうさま」

レイラは食器を持って立ち上がった。

「明日からは一人で食べるわ。それじゃ」

そう言って、さっさと歩き去っていく。レイラの姿が食堂から消えると、モーゲンが、はぁ、と大きなため息をついた。

「やっぱり僕には荷が重かった。怖かった」

「くそ、やっぱりあいつ全然愛想なかったな。腹立つぜ！」

ネルソンが怒りを露《あらわ》にする。

「もうあいつとは頼まれても一緒に飯なんか食わねぇぞ」

「あんなに魔法の才能に恵まれていても、まだあんなに自信がないものなんだな」

アルマークがぼそりと呟くのを、モーゲンが聞《き》き咎《とが》めた。

「自信がない？　レイラのことかい？　僕には自信満々に見えたけど」

「逆だろ。だから僕やネルソンに当たるんだ」

「何だか分かんねぇけどよ」

ネルソンが夕食の残りを掻《か》き込《こ》むと、開き直ったように言った。

「やっぱりウェンディだな。うちのクラスではウェンディが一番かわいい」

その次がノリシュだ、と言うと、モーゲンが、えー、リルティかセラハじゃない？　と口を挟む。

アルマークは苦笑いしながら、食事の残りを口に運んだ。


休暇の最終日。アルマークは最近お気に入りの、校舎から森へ至る道の途中にある岩の上に腰かけて瞑想《めいそう》していた。授業が始まってしまえばここも放課後に多くの生徒が行き交う場所になるので、とても静かに瞑想などできないだろう。だが、生徒の少ない休暇の間は、精神を集中させるのに格好の場所だった。

結局、あの後レイラはもう三人と食事をともにすることはなかったし、アルマークたちからも声はかけなかった。

この学校に入学したての頃の僕みたいだったな。

アルマークはレイラの姿を思い出す。

魔法というものが何なのか分からず、ただ他の生徒たちに追い付こうと気ばかりが焦っていた数か月前。レイラは学年トップクラスの成績を取っていながら、まるであの頃のアルマークのように焦っていた。

アルマークは、それで周りに当たり散らすような真似《まね》はしなかったが、レイラは周りが自分と同じように焦っていないことに対しても苛立《いらだ》っているかのようだった。

彼女に高い目標があることは間違いない。レイラは脇目も振らず、一心にそこに向かっている。

でも、とアルマークは思う。……やめよう。思い直して首を振る。レイラの言う通り、魔法の一つも使えない僕の言うことでもない。

代わりにアルマークの心に浮かんだのは、前日久しぶりに顔を合わせたウォリスのことだった。

遠くからでも目を引くほどに整った容姿の、金髪のクラス委員は、寮に帰ってきたときにはひどく暗い翳《かげ》を背負っていた。だがそのことに他のほとんどの生徒は気付かないようだった。

モーゲンやネルソンにしても、頼りになるクラス委員の優等生が休暇を終えて学院に帰ってきた、とただ単純にそう考えているだけのようだった。けれどアルマークは、寮に入ってきたウォリスを一目見て、彼がまるで戦場から帰ってきたかのような印象を受けた。

「ウォリス」

アルマークが声をかけると、ウォリスはその顔に疲れたような表情を浮かべて、邪険に手を振った。

「今は君と話したくない」

その声にも、心なしか力がなかった。

「何かあったのか。ひどく疲れているみたいじゃないか」

アルマークの言葉に、ウォリスは微笑んだ。だがそれは、友好的というにはほど遠い皮肉めいた笑みだった。

「さすがに君は、そういうことには目敏《めざと》いな」

「休暇中に何かあったのかい」

「何かあったとして、君に関係が」

そう言いかけて、ウォリスは小さく舌打ちした。

「ないとも言い切れないのが面倒なところか」

「え？」

ウォリスは不意に表情を変えた。アルマークが目を疑うほどに自然で穏やかな笑み。それは彼が他のクラスメイトに見せる、頼れるクラス委員の顔だった。

「また明後日から授業が始まる。早くみんなに追いつけるよう頑張ってくれ、アルマーク」

ウォリスは涼やかにそう言い残し、歩き去った。

ウォリスには、分からないことが多い。その背中を見送って、アルマークは思った。

誰に対しても穏やかに接するのに、アルマークにだけは敵意のようなものを垣間見《かいまみ》せる。何か彼だけが知っていることがあるような、予言めいた不可解な言動もする。だがそれが何のためなのかは、アルマークには分からなかった。

ウォリスのことを思い出してしまったせいで、気付けばすっかり瞑想とは程遠い精神状態にいた。

これじゃだめだ。

アルマークは岩の上で姿勢を正し、息を深く吸って精神を集中する。

今まで考えていたレイラやウォリスのことを、ぼちゃん、と意識の底に沈める。今ではそう意識するだけで、雑念を振り払い集中することができるようになっていた。澄んだ意識の中で、魔力を練ることだけを考える。

自分の中の魔力の質が徐々に高まっていくのが分かる。魔力が、どんなものにでもなれる、と言っている気がする。早く、形を与えてくれ。そう言われている気がした。

もう少しだ。アルマークは自分の魔力に心の中で語りかける。もう少しの辛抱だ。

だが、不意にまた集中が途切れた。誰かの気配を感じて目を開ける。目の前で、美しい少女が微笑んでいた。

「ウェンディ」

思わず声が弾んでしまったのが自分でも分かった。

「ごめん、邪魔しちゃったね」

申し訳なさそうな顔のウェンディに、アルマークは首を振る。

「帰ってたんだね」

「うん」

ウェンディは頷いて、アルマークの隣に腰を下ろした。

「……きれいな魔力」

そう言ってアルマークを見て、微笑む。

「モーゲンが、最近はいつもここだって言うから」

「うん。ここだとよく集中できるんだ」

答えながら、アルマークはウェンディをもう一度きちんと見た。

「……元気そうだ」

「うん」

ウェンディは立ち上がって、アルマークの前で両手を広げた。

「あのね、アルマークの言う通り、重たい物は全部置いてきたの」

そう言って、くるりと回ってみせる。

「どうかな。……ありのままの私かな」

ありのままのウェンディで帰ってきてほしい。それは、冬の屋敷で別れるとき、アルマークがウェンディに言った言葉だった。ウェンディはちゃんと覚えていてくれた。

本当のところを言えば、ウェンディの表情にはまだどこか影があったし、今もアルマークの前で多少無理をして明るく振る舞っているのも分かった。でも、それは当たり前のことだ。そんなに簡単にいろいろなことを割りきれるものじゃないし、ウェンディは何でも気遣ってしまう子だ。

僕だって、今でもこの平和な南の国で、自分が傭兵の息子であることをどう消化すればいいのか分からず、引きずっている。忘れろ、と言われて、はい忘れました、なんて簡単にできるはずがない。

でも、それも含めて、それでも笑おうとしているウェンディ。前に進もうとしているウェンディ。それこそが。

「うん、間違いなくありのままの君だよ。ウェンディ」

アルマークは答えて微笑んだ。

「おかえり、ウェンディ。君にまた会えて嬉しいよ」

本心だった。ウェンディの顔を見た途端、胸が高鳴るのが自分でも分かった。

「私も。早くアルマークに会いたかった」

そう言ってウェンディは嬉しそうに笑った。

武術大会に向けて

翌日から、授業が始まった。

朝、久しぶりに会ったイルミスに、今日の放課後から魔法を教え始めるから魔術実践場に来るように、と言われてアルマークは胸を高鳴らせた。

「休暇はどうでしたか」

十六人全員の揃《そろ》った三年二組の教室。担任のフィーアが穏やかな笑顔を浮かべて生徒たちの顔を見回す。

「皆さん、どの顔も休暇の前と同じように見えてどこか違うわね。それぞれに成長があったみたい」

そう言ってフィーアは、ほっそりとした白い手をネルソンに向けた。

「ネルソン君、休暇はどうでしたか」

「最高でした！」

フィーアが言い終わるか終わらないかのうちに、ネルソンは大きな声で答えた。

「毎日、剣の練習をしてました！」

「魔法の練習をしなさいよ」

ノリシュが呆れたように言い、くすくすと生徒たちが笑う。

「うるせえな、人が休みに何したっていいだろうが」

ネルソンは顔を赤くして言い返した。

「おかげで俺の剣はすげえ速くなったんだ」

そう言って、トルクの方を挑戦的に見る。

「今なら、トルクにだって負けねえかもな」

トルクは腕組みをしてそっぽを向いたまま、返事もせずに「はん」と鼻で笑った。

「ネルソン君、自発的に何かに打ち込んだ経験は、きっとこれからの役に立つわよ」

フィーアはそう言って優しく微笑むと、ノリシュに目を向ける。

「ノリシュさんはどうでしたか」

「あ、はい」

ノリシュは立ち上がる。

「すごく久しぶりに家族に会えて、嬉しかったです」

その言葉に何人かの生徒が同意するように頷く。フィーアも笑顔で頷いた。

「普段は会えませんからね。ご家族もノリシュさんに会えて嬉しかったでしょう。リルティさんは、どうでしたか。ご両親には会えましたか」

名前を呼ばれたリルティは、びくりと肩を震わせて慌てたように立ち上がると、真っ赤な顔でぼそぼそと何かを言った。だが声が小さくて、何を言っているのか聞き取れない。

「ええと」

フィーアが少し困った顔で、彼女のルームメイトのノリシュを見る。

「はい」

ノリシュがしゃきっと立ち上がる。

「ご両親と会って、演奏会にも連れていってもらったそうです。すごく素敵だったって」

「そう。それは素晴らしいわね」

フィーアが微笑む。リルティの両親は、中原《ちゅうげん》の大国フォレッタの王立音楽院で楽師を務めていた。

こくこくと頷くリルティを座らせて、フィーアはそれから順番に生徒たちに休暇のことを尋ねていった。そして最後に、アルマークにも目を向ける。

「アルマーク君はこの学院に来て初めての休暇でしたね」

「はい」

「どうでしたか。有意義に過ごせましたか」

「はい、とても」

アルマークがはっきりと頷くと、隣の席のウェンディが嬉しそうに微笑む。

「フィーア先生」

ぴょこんと丸い手を挙げたのはモーゲンだ。

「先生は、休暇はどうでしたか。何か楽しいことはありましたか」

モーゲンの目がキラキラと輝いているのを見て、アルマークはミレトスから学院に帰ってきたときにジードから聞いた話を思い出す。モーゲンめ、ジードさんとのことを聞こうとしているな。

「そうですね」

フィーアはにこりと微笑んだ。

「私も、すごく楽しいことがあったわ」

「えっ、それって」

モーゲンがなおも尋ねようとしたが、フィーアは手を叩いた。

「さあ、それじゃあ休暇の話は終わり。授業を始めましょう」

その日の授業を終えた教室。アルマークは、はやる気持ちを抑えつつイルミスの待つ魔術実践場へ向かおうとしたが、それを遮るようにクラス委員のウォリスがみんなの前に立った。

「みんな、ちょっと聞いてくれ」

ウォリスはよく通る声でそう言うと、クラス全体を見回す。

「今度の武術大会の選手を決めなきゃならないんだ。対一組、対三組、二試合でそれぞれ五人ずつ、合計十人。男子八人と女子二人だ」

途端に教室が騒がしくなった。このクラスは、男子十人、女子六人の計十六人。男子はほぼ全員が出なければならない計算だ。

「男子の補欠は二人だけかぁ」

　モーゲンがぼやく。

「とりあえず僕と、あと一人は誰だろう」

「なんで自分が補欠前提なんだよ」

　ネルソンが呆れ顔でモーゲンを見た。

「とりあえず男子の選手は、ウォリスとアルマークは確定だろ？　あとはトルクと……」

　ネルソンの言葉を遮るように、ウォリスが左手を挙げる。

「ごめん、悪いけど僕は出られない」

　意外な言葉に、クラスが静まり返った。

「休暇中に右腕を怪我してしまったんだ」

　そう言いながらウォリスは右腕の袖を捲《まく》り上《あ》げる。その上腕に、包帯が何重にも巻かれていた。

　それを目にしたクラスメイトたちが一斉にざわめく。

「えー、嘘《うそ》だろ！　ウォリスが出られないのかよ、うちのクラスのエースじゃん」

　失望の声を上げたのはネルソンだ。

「ウォリス」

　トルクがウォリスに厳しい視線を向ける。

「お前なら腕一本でも勝てる。試合に出ろよ」

「いや、無理だ」

ウォリスの返答はにべもなかった。

「左腕ならともかく、利き腕を怪我してしまった。残念だけど」

ここで無理をする気はない、とウォリスは言った。

「フィーア先生の許可は取ったよ」

その端整な顔に浮かぶ柔和な表情に変化はない。トルクが、ちっ、と舌打ちし、クラスには白けた雰囲気が漂った。そんな空気を意に介すことなく、ウォリスは続ける。

「女子の代表は、僕が決めさせてもらった。レイラとウェンディだ。異論はあるかい」

誰にも異論があろうはずはない。女子の中ではその二人の実力が飛び抜けていることは、誰の目にも明らかだった。ウォリスは少し間を置いて、誰からも意見が出ないことを確認した後で、ウェンディに声をかける。

「ウェンディ、いいかい」

「うん」

ウェンディが頷く。

「レイラはどうだ」

「嫌よ」

レイラが即答したので、みんなが彼女の方を見た。レイラはつまらなそうに窓の外を見ていた。

「自分が逃げるくせに、人にやらせようっていうの？　あなたにそんな資格があるの、ウォリス」

「なら構わないよ」

ウォリスは表情も変えずに頷く。

「君も自分でフィーア先生に言いに行くといい。出ない正当な理由があるならね」

その言葉に、レイラは苦々しい顔でウォリスを睨《にら》んだ。

「……出るわよ」

「決まりだ」

ウォリスはにこりと笑う。

「女子は決まった。後は男子だ」

それから、ウォリスは二人の生徒の名を呼んだ。

「トルク。アルマーク」

顔を上げた二人に、ウォリスは言う。

「君たちがリーダーだ。トルクには一組と、アルマークには三組と戦うチームを組んでもらう。それぞれ順番に男子の名前を一人ずつ、全部で六人挙げてもらおう」

「俺はとりあえずガレインとデグだ」

トルクが自分の取り巻き二人の名を挙げた。

「順番に、と言っただろう。どちらかにしろ」

ウォリスがぴしゃりと言う。

「ウォリス、別に僕は構わないよ」

アルマークは言った。

「僕はネルソンをもらおう」

おう、とネルソンが嬉しそうに返事する。

「そうか。ならもう一人選んでくれ。トルクはもう二人選んでしまっているから」

ウォリスが答える。みんなの前でウォリスとこんなに喋るのは初めてだな、とアルマークは思いながら、残った男子の顔を見渡した。

「それじゃ……レイドー」

アルマークは、最前列に座る大人びた雰囲気の男子生徒の名前を挙げる。ウォリスは頷く。

「分かった。それじゃあトルク」

「……ピルマンだ」

トルクが別の男子生徒の名を挙げ、残る男子はウォリスを除けば二人。モーゲンとバイヤーだった。

「アルマーク、最後の一人を選んでくれ」

ウォリスに促されたアルマークには、迷いは微塵《みじん》もなかった。

「モーゲンを」

モーゲンが、げっ、と声を上げ、選ばれなかったバイヤーがほっとした顔を見せる。

「よし。これで男子も決まりだ」

ウォリスは手をぱん、と叩いた。

「確認しよう。一組との試合に出るのは、トルク、ガレイン、デグ、ピルマン、それからウェンディ。三組との試合は、アルマーク、ネルソン、モーゲン、レイドー、それからレイラ。武術大会にはこの二チームで出場してもらう」


教室を出たアルマークは、帰ろうとしていたウォリスを廊下で呼び止めた。

「ウォリス」

クラス委員の顔のウォリスが振り返る。

「やあ、アルマーク」

「ちょっと聞きたいんだけど」

アルマークの言葉にウォリスは笑顔で頷いた。

「なんだい？　僕に分かることなら答えるけれど」

「どうして武術大会に出たくないんだい？」

「なんだって？」

そう聞き返すウォリスの顔にはまだ笑みが残っていたが、目に鋭い光が宿っていた。

「君は」

アルマークはそれを気にもせず、続ける。

「武術大会にどうしても出たくない理由があるのかい？　あんなに強いのに」

そう言って、静かにウォリスの目を見返した。

「怪我をしていると嘘をついてまで」

その言葉にウォリスの目が危険な輝きを帯びるのがアルマークには分かった。だがウォリスの表情は、笑顔のままだ。

「……君のそのばかげた質問に答える必要は感じないけどね、アルマーク」

ウォリスはあくまで穏やかな口調で答える。

「僕は怪我をしているし、フィーア先生に欠場の許可をもらっている。それが全てだ」

「……そうか。分かった」

アルマークはきびすを返した。歩き去るその背中をウォリスは冷たい目で見つめる。もうその顔に笑みはなかった。


アルマークは、魔術実践場の重い扉を開いた。相変わらずの薄暗い場内に、灰色のローブをまとったイルミスの姿があった。

「先生、来ました！」

アルマークが声をかけると、イルミスは微かに頷いた。

「張り切っているね」

「はい！」

アルマークは元気に返事をする。いよいよ待ちに待った魔法の練習が始まるのだ。もちろん不安もあるが、嬉しくないわけがない。

「そこまで期待に沿えるものになるかどうかは分からんがね」

そう言ってイルミスは、アルマークを自分の前に立たせる。さて、とイルミスは言った。

「外の世界の魔術師の弟子たちがどんな魔法から学び始めるのかは、千差万別だ。ある者は灯の魔法を、ある者は石刻みや風の魔法を最初に師から学ぶ。だがこの学院では、初等部の一年生は必ず霧の魔法から学び始める。それがなぜだか分かるかね」

その問いに、アルマークはしばし考える。

確かにそういえば、一年生のエルドたちも以前、霧の魔法を習い始めたと言っていた。エルドがジャラノンからシシリーを守るために命を懸けて使ったのも、習いたての霧の魔法だった。森の原っぱで霧の魔法を発動するエルドの姿を思い浮かべたら、何となく問いの答えが浮かんだ。

「……危なくないから、ですか」

「そうだ」

イルミスは頷く。

「炎や風を扱うものよりも、制御に失敗しても危険が少ないからだ。君自身にも経験がある通り」

「……はい」

この魔術実践場に入ると、いつも昨日のことのようにあの失敗を思い出す。龍《りゅう》の炎。破壊の魔法。

天井近くまで立ち上った巨大な炎の柱。

「そういうわけだ。今日は霧の魔法を使ってみよう」

「……はい！」

アルマークは忌まわしい記憶を振りきるように頷く。

イルミスはまずアルマークに瞑想をさせ、体内の魔力を練らせた。

「よし」

頃合いを見てアルマークの肩を叩く。

「瞑想はもう堂に入ったものだな」

誉《ほ》められても、アルマークは無邪気には喜べない。この後のことへの不安と緊張の方が大きい。

イルミスは、アルマークを励ますように、彼にしては珍しく声を張った。

「いいか、思い描くんだ。自分の魔力が小さな水の粒になる様を。それがもっと小さな粒に。もっともっと小さな粒になる様を。そしてそれがこの場全体をあまねく覆い尽くす様を」

アルマークはイルミスの言葉を聞きながら、その通りにイメージを膨らませていく。身体《からだ》の中で魔力がうねっているのが分かる。

早く、形を。早く、世界に力を及ぼせる形を。魔力がそう叫んでいる気がする。

「……思い描きました」

「よし、右手のひらを上に向けて」

「はい」

「霧に変えた魔力を、その手のひらからゆっくりと外に出す」

「……はい」

自分の魔力を身体の外に出すのは、あの日の龍の炎以来だ。頷いたはいいが、なかなか手のひらから霧は出てこない。ちらちらとあの日の炎の残影が脳裏をよぎる。

「恐れるな」

アルマークの気持ちを読んだかのように、イルミスは優しく彼の肩を叩いた。

「慎重に、丁寧に。だが、決して恐れるな。自分のしてきた瞑想を、練り上げた魔力を信じろ」

アルマークは無言で頷く。その額に汗が滲《にじ》んだ。まだ何もしていないのに、ひどく消耗する。イルミスはアルマークの肩を抱いて、穏やかな声で告げる。

「信じろ。君はもう、あの日の君ではない」

その言葉が心に響いた。

「……はい」

頷く。

信じろ。一瞬、悲しみの中でも顔を上げて前を向いたウェンディの姿が浮かんで消えた。

行こう。僕も、前へ。アルマークは身体の中の魔力を押さえつけていた、心の中の最後の鍵のようなものをそっと外した。

しゅっ、と小さな音がした。その瞬間、アルマークの右手から、見る間に白い煙のようなものが立ち上る。魔法の霧だ。煙はアルマークの手から止めどなく流れ出し、たちまち魔術実践場を覆っていく。

……できた。

「油断するな！」

イルミスの厳しい叱責が飛んだ。

「集中を切らすな。魔力を垂れ流すな。制御しろ」

いつの間にか、アルマークの右手からぽたぽたと水が滴り落ちていた。できた、と思った瞬間、魔力が制御から離れて霧ではなくただの水と化したのだ。アルマークは魔力の制御に全神経を集中した。

身体から離れるときに、魔力の水を極限まで細分化するようなイメージ。そのイメージを決して絶やさないこと。少しでも集中力が揺らぐと、魔力は冷たい水滴と化してアルマークの手を濡《ぬ》らした。

「集中しろ。君の魔力は人よりも巨大だ。集中せねばすぐに暴走するぞ」

「はい！」

どのくらいの間、霧を出し続けただろう。気付けば、目の前にいるはずのイルミスの姿さえ見えなくなっていた。

「よし。ゆっくりと魔力を止めよう。手のひらに開いた魔力の門をゆっくりと閉じていくイメージだ」

霧の向こうからイルミスの声がする。

「……はい」

アルマークは慎重に魔力を絞っていく。体内の魔力がまだ外に出たがって暴れようとしているのが分かる。

「抑えろ」

イルミスが言う。

「暴走を許すな。好きにやらせるな。君の魔力の主《あるじ》は君だ。それを分からせてやれ」

「はい」

そこからさらに長い時間をかけ、魔力の放出を終わらせたとき、アルマークの全身はずぶ濡れになっていた。ローブの外は、霧で。中は、汗で。

「よし。いいだろう」

イルミスの声がして、その瞬間、場内を覆っていた霧が弾《はじ》けるように全て消し飛んだ。視界が開

け、思った以上に近くにイルミスがいたことに驚く。その前髪から、ぽたぽたと水滴が落ちていた。

「初日にしては上出来だ」

イルミスは言った。

「だが、君のクラスメイトたちはもう、この魔法で誰も手を濡らしたりはしない」

アルマークは自分の右手を見た。水で濡れすぎて、五指が白くふやけてしまっていた。

「まだまだ修練が必要だ」

「はい」

「しかし、君の魔力は暴走すれば危険だ。まだ瞑想以外の自主練習は禁ずる。魔法の練習は私の前以外では行ってはいけない。いいね？」

「はい」

アルマークは頷いた。ひどく身体がだるい。剣を振るうのとは全く違う疲労感。そんなアルマークの姿を見て、イルミスはわずかに微笑んだ。

「今日が、君が初めて魔術を行使した日だ」

思わず、えっ、と声を上げてアルマークはイルミスを見た。

「おめでとう、アルマーク」

意外な言葉にアルマークは戸惑った。どう答えたらよいのか分からない。

「無論、まだまだ人前で名乗れる水準ではないが、これで君も魔術師の一人になったというわけだ」

イルミスの言葉にアルマークは頷いた。はい、と言おうとして言葉に詰まった。

魔術師。僕が、魔術師に。

学院長や先生たち、クラスの友人たちの顔。ウォードや冬の屋敷で出会った人々の顔。そして、ウェンディの顔。ここに来てから今までお世話になってきたいろんな人の顔が一度に思い浮かんで、胸が詰まった。

最後に、父の武骨な顔が浮かんだ。

「……先生、ありがとうございます」

やっとそれだけ言った。イルミスは頷く。

「君の今の気持ちを忘れるな」

イルミスの声は優しかった。

「世界と繋《つな》がりがあってこその魔術師だ。……君は正しい」

魔術実践場を出ると、もう暗くなっていた。夏が終わり、日が短くなっているのが分かる。寮への道を急ごうとして、アルマークは自分と同じように薄暗い道を歩いてくる一つの人影に気付いた。

「レイラ」

アルマークが声をかけると、歩いてきたレイラはあからさまに顔をしかめた。

「よく会うわね」

皮肉めいた口調で言う。

「いちいち声をかけてくれなくてもいいのに」

向かう場所は一緒なので、そうは言っても結局並んで歩くことになる。

「イルミス先生の補習を受けてたんだ」

アルマークは言う。

「霧の魔法が使えたよ」

初めて魔法が使えた嬉しさを誰かに話したかったアルマークは、それがレイラでもお構いなしにそう言った。

「そう」

レイラはきっと興味なさそうに答えるのだろうと思ったが、意外にもアルマークの目をまっすぐに見返してきた。

「よかったわね」

思いがけず、素直にそう言ってくれた。

「ありがとう」

アルマークも素直に礼を言う。レイラは前に向き直り、足早に歩きながら言った。

「あなたが毎日瞑想の訓練をしていたことくらい知ってるもの」

その口元が少しだけ綻んでいた。

「あれだけやれば、霧の魔法くらいは使えるようになるでしょ」

いつになく優しいレイラの口調にアルマークは戸惑ったが、すぐに続いた言葉を聞いて苦笑した。

「そうやって時間外に補習でやってくれている分には、私に迷惑はかからないから」

「そうだね」

アルマークは頷く。

「でも、まだまだだけどね」

言いながら右手をレイラに見せる。まだ皮膚がふやけてしまったままだ。

「手がこんなにびしょびしょになっちゃったよ」

レイラは前を向いたまま、目だけをちらりと動かして彼の手を見た。

「あなた、手から直接霧を出すイメージをしてるでしょ」

「え、うん。先生もそうしろって」

「私は、手のひらの少し上の空間から出すイメージをしている」

レイラは言った。

「一旦、自分の身体から魔力を切り離す形になるから、ずっと集中し続ける必要がない。だから集中が途切れない」

あくまで私の好みだけどね、と付け加える。

「先生の言うことはもちろん正しいけど、慣れてきたら自分に合うイメージの方法を探すことね。

できるようになった魔法だからって疎《おろそ》かにせず、常に研究すること。それが上達の近道」

「なるほど」

アルマークは素直に頷く。

「すごく参考になるよ。ありがとう」

アルマークにお礼を言われても、レイラは別に気にした風でもない。

「いつまでも魔術実践の授業で一人ぽつんと瞑想されてると、こっちも気が散るのよ」

そう言われて、アルマークはまた苦笑いする。

「レイラは、今日は武術の練習かい」

「え？」

レイラは驚いたように声を上げ、アルマークの顔を横目で見た。

「どうして」

「だって、レイラが歩いてきた方には武術場があるから。違ったかな」

「……違わないけど」

「武術大会の練習だね。さすが、やるときはやるんだね」

そう言われて、レイラの顔に初めて赤みがさした。

「出るからには、無様な姿は晒《さら》したくないだけよ」

ぶっきらぼうにそう言い放つ。

「あなたは魔術と違って武術の方は得意みたいだけど」

「うん」

アルマークは頷く。

「霧の魔法のコツを教えてくれたお礼に、僕も一つだけ」

その言葉に、レイラがまたちらりと目だけでアルマークを見る。

「レイラ、君は構えのとき、もう少し意識して半身《はんみ》になった方がいい。休暇前の授業で何回かウェンディに負けたのは、動いてるうちにいつの間にか相手に正対してしまっていたからだよ」

レイラは今度こそはっきりとアルマークの顔を見た。

「あなた、授業中はいつも、ずっと離れたところで他の子と練習してたじゃない」

「遠くからでも、少し見れば分かるよ」

「分からないわ。あんなにごちゃごちゃと他の子も入り乱れてる中で。普通は分からない」

レイラは首を振る。艶のある長い黒髪が揺れた。

「あなたはまだここに来て数か月なのに、いろんなことが見えすぎてる」

レイラは、嫌悪と羨望の入り交じったような複雑な表情でアルマークを見ていた。

「どこまで見てるの。どこまで見えるの、あなたには」

「どこまでって……」

アルマークは言《い》い淀《よど》む。レイラはしばらくアルマークの顔をじっと見ていたが、ようやく、もういいわ、と言って前に向き直った。

「……武術大会、同じチームよね」

「うん。相手は三組だ」

「私、この魔法学院で武術大会なんてやるのは時間の無駄だし、できれば出たくないと今でも思ってるけど」

レイラは言葉を切り、燃えるような瞳でアルマークを見た。

「負けるのは、もっと嫌」

強い口調だった。

「うん」

アルマークは頷く。

「私は負けないから、あなたもネルソンたちを勝たせなさい」

そう言って、レイラはきっと前を見据える。

「目の前で相手が喜ぶ姿なんて絶対に見たくないから」

「分かった」

「約束よ」

「うん」

アルマークはもう一度頷く。向こうにぼんやりと寮の灯《あか》りが見えてきた。

「ありがとう。僕も武術大会、やる気が出てきた」

それを聞いて、レイラが声を出して笑った。アルマークは驚いて彼女の方を見る。

「やる気なんて他人に出してもらうものじゃない。自分で出すものよ」

言っていることは厳しかったが、どこか楽しげだった。

魔法の練習が第一。そもそも同い年の素人の生徒相手に、武術で負けることなどない。そう考えていたアルマークだったが、レイラの燃えるような瞳に見つめられ、自分の中に火が点《とも》るのを感じていた。


三組に、チームとして勝とう。素直にそう思った。


翌朝、授業が始まる前の教室でアルマークはネルソンに声をかけた。

「ネルソン、武術大会に向けて僕たちで自主練習をしないか」

その言葉にネルソンは待ってましたとばかりに目を輝かせた。

「自主練か！」

そう言って大きく頷く。

「やるよ、やるやる！　アルマークが教えてくれるなら百人力だぜ！」

思った以上の反応に、アルマークはほっとする。

「モーゲンとレイドーも誘おう」

「そうだな。よし、俺が声をかける」

ネルソンは元気よく立ち上がった。

「おーい、モーゲン！」

モーゲンはネルソンの話を聞いて、心底嫌そうに顔をしかめる。

「えぇ……もう武術大会のことは本番当日まで忘れていようと思ってたのに」

「何言ってんだ、忘れていいわけあるか」

「だって、ネルソンとアルマークとレイラが勝てばそれで三勝じゃないか。僕とレイドーは負けても大丈夫だろ」

モーゲンの言葉に、アルマークはそれもそうだ、と納得しかける。しかし、ネルソンは首を振った。

「ばか、お前三組の女子っていったら、あいつが出てくるに決まってるだろ」

「あいつって……あっ」

モーゲンも何かに気付いた顔をする。

「あの子が相手になるのか……ロズフィリア」

「ロズフィリア？」

アルマークは初めて聞く名前に反応した。

「その子、強いの？」

「ああ」

ネルソンが頷く。

「すげえ優秀な女だ。何でもできるんだ。休暇前の試験でも成績二位だった」

「二位」

ウォリスの次ということだ。レイラは確か、四位だった。

「うちとの試合に出てくるか、それとも一組との試合に出るのかは分からないけどな。もしあれが相手なら、レイラだって勝てるか分からんぜ」

アルマークは、昨日のレイラの言葉を思い出していた。

『負けるのは、もっと嫌』

そうか、だからあのレイラがわざわざ武術の練習をしていたのか。

「男子だってコルエン、エストン、ポロイス。このあたりは手強《てごわ》いぜ。俺だって勝てるかどうか」

「それならなおさら僕じゃ相手にならないよ！」

モーゲンが泣きそうな顔で訴えるが、ネルソンは許さない。

「だから練習するんじゃねえか。分からねえやつだな」

「今さら練習なんてしたって……」

「お前のせいで負けたらどうすんだよ！」

だんだんとネルソンが興奮してくる。

「負けるってことは三人以上負けるんだから僕だけのせいじゃないじゃないか」

モーゲンが必死に反論する。確かにモーゲンの言うことにも一理ある。

「お前、そりゃそうだけどさぁ……」

「モーゲン」

アルマークはモーゲンの肩を優しく叩いた。

「やるだけやってダメならそれは仕方ない。でもろくに練習もせずに本番で負けたら……」

アルマークは声を潜めて、窓際の席に座っているレイラに目をやった。

「多分、レイラが激怒するよ」

「ひっ」

モーゲンはそれを聞いて文字通り縮み上がった。

「わ、分かったよ。やるよ。二人でそんなに脅さないでよ」

二人は次にレイドーの席に行く。穏やかで大人びた雰囲気を持つレイドーは、フォレッタ王国の靴職人の息子だ。いつも冷静だし、武術も魔術もそれなりにそつなくこなす。

「練習か。二人が教えてくれるのかい？　いいね」

レイドーはすぐにそう言って朗らかに笑った。ネルソンは嬉しそうにその肩を抱く。

「レイドー、お前のやる気を少しでもモーゲンの野郎に分けてやりたいぜ」

「で、いつやるんだい？　放課後？」

レイドーの問いに、ネルソンは頷いた。

「ああ、そりゃそうだろ。な、アルマーク」

「いや、実は……」

アルマークは、申し訳なさそうに二人を見た。

「放課後、僕はイルミス先生の補習があるんだ。それが終わってからだとずいぶん遅くなってしまうから……」

ネルソンが、ああ、と声を漏らす。

「そうか、そうだったな」

「だから、朝はどうだろう」

「朝？」

「うん。ボーエン先生に頼んで剣と防具を人数分貸してもらって、朝早くに練習するっていうのは」

「僕は構わないよ」

レイドーがすぐに応じる。

「ありがとう。ネルソンは？」

「お前が教えてくれるのに、俺が嫌って言うわきゃねえだろ」

ネルソンもやる気満々の顔でそう言って頷く。

「……あとは、君だな。どうする、モーゲン」

いつの間にか背後で耳をそばだてていたモーゲンに、アルマークは声をかけた。

「もう嫌だなんて言えないじゃないか。やるよ。やります」

モーゲンは両手を挙げて降参するように言った。

「レイラと同じチームじゃ本気でやらないと怒られるもんなぁ……ウェンディのチームなら良かった」

ぶつぶつとこぼすモーゲンの肩を、にやりと笑ったネルソンが叩く。

「ウェンディのとこはトルクのチームだぜ。それでも良ければピルマンと交代してこいよ」

「嘘だよ、嘘。アルマークのチームでいい」

モーゲンは慌てて言った。

「よし、じゃあ明日の朝から練習しよう」

アルマークの言葉に、三人が頷く。これでとにかく練習の態勢は整った。

あとは……。アルマークは考える。僕は他のクラスの生徒のことを何も知らない。情報収集と敵情視察が必要かな。これは忙しくなるぞ。

「張り切っているな、アルマーク」

自分の席に戻ろうとしたアルマークに、ウォリスがそう声をかけてきた。

「君の武術は別格だからな。頼りにしているよ」

「うん、まあやれるだけのことはやるよ」

アルマークはそう答え、ウォリスの右腕を見た。彼の武術大会欠場の原因となったというその腕は、ローブをまとっている状態では包帯を巻いているかどうかも分からなかった。

「君の方は、どうだい。怪我の具合とか」

アルマークは怪我をしたというウォリスの言葉を信じていなかったが、それでも敢《あ》えてそう尋ねた。ウォリスは苦笑する。

「少しずつ良くなってはいるよ。君たちに迷惑をかけてしまって、すまないね」

お互いに白々しい会話だったが、アルマークは頷いた。

「いいよ。お大事に」

「最近の放課後は、養生を兼ねて庭園をぶらぶらと歩いてばかりいるよ」

ウォリスはそう言って、意味ありげに微笑んだ。

「だから僕を庭園で見かけても、そっとしておいてくれるとありがたいな」

翌朝から、アルマークたち男子四人の自主練習が始まった。ボーエンが快く貸してくれた剣と防具を持ち出して、寮から少し離れた練習場所まで移動する。

「三組のやつらに見られたら研究されちまうかもしれねぇからな」

というネルソンの提案を受けてのことだ。

ネルソンは、やはりひと夏を剣の練習に捧《ささ》げたというだけあって、打ち込みも休暇前に比べて格段にしっかりしているし、持ち前の運動神経による勘の良さも備わっている。そして何より、やる気に満《み》ち溢《あふ》れている。アルマークが少しアドバイスして動きを修正してやると、すぐにその通りに動けるようになる。

「ネルソンはセンスがあるね」

アルマークが言うと、ネルソンは嬉しそうに笑った。

「お前に言われるとその気になるな。ありがとよ」

一方、レイドーはネルソンほどの力強さはないものの、何でもそつなくこなすだけあって筋は悪くない。ネルソンと試合をやらせても意外にいい勝負をしてみせる。ただ、むらっけがあるのか、突然集中力が切れたように簡単に負けてしまうことがあった。

「この簡単に負けてしまう方のレイドーが本番に出たらまずいな」

アルマークが言うと、レイドー本人は首を捻る。

「自分ではいつもと同じようにやってるつもりなんだけどなぁ」

自覚がないということは、つまりは集中力のコントロールがうまくないということだ。魔術もそれなりに使えるレイドーに集中力のコントロールができないとも思えないので、これはまさに、むらっけと呼ぶほかないのだろう。実力の割に試験の成績がそこまで振るわないのもこれが原因かもしれない。

とはいえ、一番重症なのはなんといってもダントツでモーゲンだった。とにかくセンスがない。

度胸がない。闘志がない。アルマークも何かアドバイスをしようと思うのだが、今さら言うことだろうか、というような陳腐な言葉しか思い浮かばなかった。

それでもいくつか、ごくごく基本的なアドバイスはしてみたものの、モーゲンはそのアドバイス通りに身体を動かすことができない。

「違う、モーゲン。こうだ」

言いながら実演してみせるのだが、モーゲンが「こう？」と言いながら再現する動きは、アルマークのお手本とは程遠かった。しかしそこで簡単にだめだと言ってしまっては、ただでさえ闘志にもやる気にも欠けるモーゲンはすっかりしょげかえってしまうだろう。

「うん。さっきより良くなった」

アルマークは笑顔を絶やさずにそんなことを言ってはモーゲンを励ました。歩みは遅いが正しい方向に向かっていることに間違いはない。

とはいえ、いざ試合となると、モーゲンの闘志のなさは深刻だった。腰が引けて、まともな突きを一本も打つことができない。

「モーゲン、もう少し胸を張って」

アルマークが声をかけるが、相手の剣が自分の方を向くと、途端にモーゲンは背を丸めて腰を引いてしまう。

「モーゲン」

「だ、だって怖いんだよ」

恐怖から身体に無駄な力が入ってしまっているので、手が出ない。ようやく手を出しても突きが伸びない。だから相手はのびのびと動き回れるし、突きもよく伸びる。悪循環だった。

ただ、臆病なだけあって逃げるセンスはなかなかのものだ。逃げるセンスというよりは、攻撃を察するセンスという方が適切だろうか。相手の打ってくる気配を察してそれよりも前にさっと逃げてしまうのだ。

とはいえ、初撃はかわせても、そのまま連続攻撃で追い詰められたらあっという間に捕まってしまうし、そもそも逃げているだけでは試合には勝てない。

「モーゲン、君のその危機察知能力は実戦でこそ生きるな」

「実戦はもうこりごりだよ」

アルマークの言葉にモーゲンは首を振る。アルマークはモーゲンの勇気をその目で見ているだけに、彼を侮る気持ちは微塵もないが、そのあまりといえばあまりの体たらくにネルソンとレイドーがやや呆れ顔をし始める。

「逃げてるだけじゃ勝てねえぞ、モーゲン」

「モーゲン、勇気を出して突いていこう」

二人が口々に声をかけると、モーゲンは「うん」と頷きはするものの、気まずそうに俯《うつむ》いてしまう。

「まだ日はあるさ。そこまで焦らなくても大丈夫」

アルマークは優しくモーゲンの肩を叩いた。

「朝、練習始めたんだってね」

校舎に向かう道すがら、たまたま一緒になったウェンディにそう声をかけられ、アルマークは頷いた。

「うん。レイラが絶対三組に負けたくないから、ネルソンたちを勝たせろって」

「レイラが」

ウェンディは驚いたようにアルマークの顔を見る。

「アルマークにそんな話したんだ」

「うん」

「すごい」

ウェンディは微笑んで前に向き直った。

「レイラはアルマークのことを認めてるんだね」

「え？」

今度はアルマークがウェンディの顔を見る番だった。

「どういうことだい？」

「レイラは自分にはすごく厳しい子だけど、人には求めないから」

ウェンディはそう言った後、自分の言葉に首を振る。

「求めない……ううん、期待しないって言った方がいいのかな。だからレイラは、自分が本当に認めた人にしか何かを頼んだりしないの」

「……認められるようなことは何一つしてないんだけどな」

アルマークは苦笑する。

「この間も、結局はお叱りを受けた気がするよ」

「そんなことないと思う」

ウェンディは首を振った。

「レイラはああ見えて、みんなのことすごくよく見てるよ。だからきっとレイラにもアルマークの良さが伝わったんだよ」

ウェンディはそう言って、にこにこと笑う。その笑顔を見てアルマークは、まだ大事なことをウェンディに伝えていなかったことを思い出した。

「そういえば、僕も霧の魔法が使えるようになったんだ」

「えっ」

ウェンディが目を見張る。

「イルミス先生の補習で教えてもらったんだ。僕の初めての魔法」

「すごい」

ウェンディはそう言ったきり、黙ってしまった。沈黙を不思議に思ったアルマークが覗《のぞ》き込《こ》むと、ウェンディは慌てて自分の顔を手で隠す。だが、アルマークにもその頰《ほお》に光るものが見えた。

「ウェンディ、なんで君が泣いてるんだい」

「ごめんなさい、自分でもなんでか分からない。でもアルマークが今までずっと努力してたのを私も見てたから」

頰を真っ赤に染めて、ウェンディは涙を拭った。

「恥ずかしい」

「……ありがとう、ウェンディ」

アルマークの心はじんわりと暖かい喜びに包まれる。アルマークの成功を、まるで自分のことのように喜んでくれる。そんな女の子が今、自分の隣にいてくれるということが素直に嬉しかった。

「武術大会、チームは違うけど頑張ろうね」

照れ隠しなのか、ウェンディが話題を変えた。

「うん。ウェンディのチームの方はどう？」

「トルクたちはトルクたちで練習してるみたい。私も放課後、武術場に行こうかなぁ」

「武術場なら、レイラもいると思うよ」

「それならいい練習になるかも」

ウェンディが頷くと、その拍子にふわりときれいな髪が揺れる。

「帰りはアルマークと一緒くらいの時間になるかもしれないね」

「そうだね。僕の補習も結構遅くなるから」

話が弾む。このままずっと校舎に着かなければいいのにな。そんなアルマークの気持ちを見透かしたかのように、木々の先に校舎が見えてきた。


教室に着き、リルティたちと話し始めたウェンディと別れたアルマークは、ネルソンを見つけるとさっそく声をかけた。

「ネルソン、ちょっと教えてくれ」

「おう、どうした」

そう答えるネルソンの机の上には午前最初の授業の課題が広げられている。課題が間に合わねえ、と朝の教室でネルソンが喚《わめ》く姿は、この三年二組ではよく目にする風景だった。

「今度、武術大会で対戦する三年三組のことだけど……」

言いながらアルマークは、ネルソンの隣の席に腰を下ろす。そこはキュリメという女子の席だったが、今日はまだ来ていないようだ。

「モーゲンを練習に誘ったときに、何人か手強い相手の名前を出してたじゃないか。僕は彼らのことを全く知らないから教えてくれないか」

「ああ、そういえばそうだな。いいぜ」

ネルソンは頷いて課題を肘で机の隅に押しやる。どう見てもその課題はまだ終わっていないように見えたので、アルマークは少し心配になったが、当のネルソンは気にもしていないようだった。

「まず、一番注意しなきゃならないのはコルエンだな」

ネルソンは人差し指を立てた。

「運動神経抜群だし、とにかく背が高いから、リーチも長い。三組で一番強いのはこいつだろう」

「コルエンね。なるほど」

「それから、エストンとポロイス。こいつらも強い」

「その二人の名前は聞き覚えがあるな」

アルマークは口を挟む。

「あれだっけ、昔ノリシュをいじめてたっていう」

一年生の頃にノリシュはその二人にからかわれて、よくこっそり泣いていたのだという話を、アルマークはノリシュ本人から聞いた覚えがあった。あれは、庭園のボルーク卿《きょう》の像が喋るという噂《うわさ》を確かめに行ったときのことだった。迷路の中で隠れて泣いていたノリシュをネルソンが無邪気にかくれんぼに誘ってくれて嬉しかった、とも言っていた。

「ああ、そいつらだ」

ネルソンは苦々しい顔で頷く。

「いけすかねえやつらだ。アルマークにとっちめられる前のトルクよりももっとだ」

「貴族なんだね」

「ああ。今名前を挙げた三人とも貴族だぜ。どこの貴族か、俺は名字も覚えてねえけどな」

ネルソンはそう言って、へっ、と笑う。

「コルエンとは同じクラスだったこともあるんだ。一年の頃は一緒にかくれんぼやったりして遊んだ仲だから、あいつがいいやつだってことは分かってるんだけどな。他の二人とはほとんどまともに話したこともねえよ」

「そんなに偉そうな態度なのかい」

「ちょっとでも話してみりゃ分かるさ。まあとにかくこの二人は、背はコルエンほどじゃねえけど、大柄だし力も強い。トルクみたいなもんだと思えよ。それに貴族だから、入学前からある程度の訓練も受けてきてるだろうしな」

「なるほど。エストンとポロイス。覚えたよ」

トルクが二人いるようなものか。アルマークは頭の中で計算する。それに、コルエンというエースもいる。それならクラス全体の戦力は、ウォリスを欠く二組よりも遥《はる》かに上だろう。

「あとはクラス委員のルクスがそれなりに強いけど……どうかな、一組との試合もあるからこいつら四人全員がうちとの試合に出ることはないだろうな」

「でもネルソン、君はエストンとポロイスには一組じゃなくて僕らとの試合に出てほしいと思ってるだろ」

アルマークが笑いながら指摘すると、ネルソンもにやりと笑って同意する。

「まあ、そりゃな。せっかくの機会だ。どうせなら気に入らねえやつとやった方が燃える」

「ノリシュの敵討ちかい」

「ばっか、そんなんじゃねえよ」

ネルソンは慌てて否定した。

「あの件は別に……」

ネルソンはノリシュの席をちらりと見て、言い訳するように言う。

「あいつらが気に食わねえ理由がまた一つ増えたってだけのことだ」

「そうか。あの日、君はずいぶん怒ってたみたいだったから」

アルマークはボルーク卿の迷路で、音を立てて揺れていたネルソンの炎を思い出す。あの大きな揺れが、この直情的な少年の怒りそのものだった。ネルソンは俯き、目を細めて足下の床を見つめる。

「……ノリシュの話を聞いて、いろいろと腑《ふ》に落ちたんだよ」

ネルソンらしくない小さな声に、アルマークは彼を見た。ネルソンは顔を上げて恥ずかしそうに笑う。

「アルマーク。俺はばかだけど、あの迷路の中であいつが泣いてたことに気付かねえほどのばかでもねえよ」

「……うん。僕はもともと君がばかだなんて思っちゃいない」

アルマークが頷くと、ネルソンはこそばゆそうに身をよじった。

「お前、よくそういうことを恥ずかしげもなく平気で言うよな。やめろよ、恥ずかしい」

「そうかな」

アルマークは首を捻る。

「……アルマーク」

遠慮がちに後ろから声をかけられて、アルマークは振り向いた。小柄な少女が気まずそうに立っていた。

「ああ、ごめん。キュリメ」

アルマークは慌てて立ち上がった。

「君の席だったね」

キュリメは俯きがちに首を振る。

「ネルソンと大事な話があるのなら、まだ座っててもいいよ。私、別のところに行ってるから」

「え？」

アルマークは驚いて首を振る。

「いやいや、もうだいたい済んだし、大丈夫だよ」

「……そう？」

キュリメは上目遣いにアルマークを見るが、彼と目が合うとすぐにまた俯いてしまう。リルティほどではないが、大人しい性格のキュリメは、アルマークにとってはその人となりがまだよく分からないクラスメイトの一人だった。本が好きらしく、図書館に行くとよく顔を合わせたが、彼女の方からは決して話しかけては来なかったし、アルマークも挨拶程度しかしたことはなかった。

「うん。ありがとう、キュリメ」

アルマークはそう言って、椅子をキュリメに差し出す。

「どうぞ」

「それじゃあ……」

キュリメは遠慮がちに腰を下ろした。

「じゃあネルソン、また」

アルマークはネルソンに片手を挙げ、自分の席に戻った。

それから、放課後はイルミスのもとで霧の魔法の練習、朝は同じチームの男子四人で武術の練習という生活が始まった。夜は時折ウェンディやレイラと帰りが一緒になることもあったが、ほとんどの場合、アルマークの方が遅く、一人で帰ることになった。

そんなある日の放課後だった。

その日、意外なほど早い時間にイルミスが終了を宣言したので、アルマークはまだ明るい時間に魔術実践場を出ることができた。

きっとこの時間はまだウェンディたちも武術場だろう。覗いていこうかな。

そう考えて、武術場へ足を向けようとしたとき、アルマークは後ろから自分の名を呼ばれた。

「今日はやけに早かったな」

そう言いながら大柄な少年が近付いてくる。

「トルク」

「……ちょっと面《つら》貸せ」

トルクは顎をしゃくった。

「え？　どこに行くんだい」

「いいから」

トルクはアルマークの返事も待たずにさっさと歩き出す。仕方なくアルマークもその後に続いた。

トルクがアルマークを連れていったのは、武術場から程近い草むらだった。そこに練習用の剣と防具が二組、ぽつんと置かれていた。

「練習に付き合え」

「……まさか、このために僕を待ってたのか？」

「悪いか」

言いながらトルクはさっさと自分の防具を着け始める。

何かと思えば、武術の練習か。アルマークは思った。トルクも、武術大会のチームリーダーとして、責任を感じているのかもしれないが、しかし、それにしても。

「練習なら、武術場でやらないか。この時間ならウェンディやレイラもいるだろうし」

「だめだ」

トルクの返答はにべもない。

「ここでやる」

アルマークは顔の前を飛び交う羽虫を手で追い払って、仕方なく防具を着け始める。

「付き合うけどさ……何もこんなところで。すぐそこが武術場なのに」

「無駄口叩いてねえで、早く着けろ」

トルクはすでに防具を着け終えて、剣を持って待っている。

「……分かったよ」

アルマークも防具を着け終えて、トルクの前に立った。

「……手加減無用だぞ」

トルクがそう言って、剣を上げる。アルマークはその剣先に自分の剣を合わせた。それから二人は素早く間合いを取る。

おっ。アルマークは目を見張った。トルクの構えが変わっている。以前は、恵まれた体格を利して相手を圧《お》していこうという隙だらけの構えだったが、今、目の前のトルクは、アルマークに対して慎重に半身の体勢を維持し、隙を見せないように工夫している。

そのまま二人は間合いを保って、ゆっくり、ぐるりと円を描く。

「うまくなったな、トルク」

アルマークは声をかけた。

「隙がない」

「ほざけ」

トルクが吐き捨てる。その額に汗が滲んでいた。

「前はどこからでも打ち込めたのに」

アルマークは素直に驚いていた。学院の武術はその規則上、攻撃は突きのみ、打ち込んでいいのは胴のみという制限があるので、実戦と比べて云々《うんぬん》という類いのものではないのだが、それにしてもトルクの上達ぶりは顕著だった。

隙がないなら、崩すしかない。アルマークは自分から軽く踏み込んで剣を突いた。トルクはそれに素早く反応して、飛《と》び退《すさ》って間合いを取る。そこにアルマークが踏み込んで追撃の突きを打ち込むと、トルクはそれを剣で弾いた。

アルマークが突き、トルクが受ける。動きが激しくなればなるほど、そこに隙が生まれる。攻防を続けながら、アルマークはトルクの防具に打ち込める隙をいくつも発見した。

「だんだん隙が多くなってきたぞ、トルク」

「うるせえっ」

トルクは必死の形相で、アルマークの攻撃を受け流しながら叫ぶ。

「隙があるなら打ちゃいいだろうが！」

「それじゃ……」

アルマークは踏み込みの角度を急に変えて、トルクの胴の脇腹を突いた。

「ぐっ」

トルクが呻《うめ》いて膝をつく。

「くそ」

拳で地面を叩く。

「もう一度だ」

そう言って立ち上がる。

「ずいぶん構えは良くなったけど、攻撃しないと勝てないぜ、トルク」

「んなこたあ言われなくても分かってる」

トルクは剣を構えた。

「もう一度だ」

「分かったよ」

アルマークはトルクの剣先に剣を合わせる。だが、その後は最初と同じ展開になった。トルクの構えはいいのだが、攻撃がろくに出ないので防戦一方になり、隙ができたところをアルマークに打ち込まれてしまう。

「くそったれ」

トルクは毒づきながら立ち上がる。

「もう一度だ」

アルマークはトルクに応じ、その後七回も立ち合ったが、いずれも同じ展開となった。

「ちきしょう」

膝をつくトルクに、アルマークが声をかける。

「トルク、君の長所はその大きな身体と力じゃないか。構えは良くなったけど、その後の慎重さは、君の良さを殺している気がする」

「うるせえ」

トルクが立ち上がり、剣を上げる。

「何度やっても同じだと思うよ。もうだいぶ暗くなってきた。今日はもう終わりにしよう」

アルマークはそう言って剣を地面に置いた。

「もう一度だ」

トルクが言う。アルマークは首を振った。

「終わりにしよう。僕はもう行く」

「だめだ」

トルクは頑《かたく》なだった。日はほとんど沈み、その表情もおぼろげにしか見えない。

「もう一度だ」

トルクが繰り返す。

「これ以上は危ない」

アルマークも譲らない。

「武術の練習なんて、周りも見えない暗い中でやるものじゃない。大会の前に怪我をするぞ」

「アルマーク！」

トルクが吼《ほ》えた。

「受けろ。これで最後でいい」

暗がりの中で、トルクは必死の表情をしているように見えた。

「……分かったよ」

アルマークは渋々頷いて、剣を拾い直した。

「これで本当に最後だぞ」

言いながら剣先をトルクの剣に合わせる。もうトルクは答えなかった。

互いに間合いを取って向かい合う。トルクが先ほどまでと同じ構えでじりじりと動いた。日が沈み、その身体が黒い影のように見える。

これ以上暗くなると本当に危険だ。さっさと決めてしまおう。

アルマークは前に出た。しかし間合いを詰めた瞬間、それに合わせるかのようにトルクも前に出てきた。

お、やる気か？

その瞬間、アルマークは違和感に気付いた。トルクの間合いが、自分の感覚よりもやけに近かった。これは。

まずい。

危険を感じて、アルマークは出しかけていた剣を引っ込めて防御しようとする。しかし、トルクの剣の方が速かった。先ほどまでとは明らかに質の違う、渾身《こんしん》の突きが飛んできた。

アルマークはとっさの判断で、剣で受けるのを諦めて身体をよじりながら大きく飛《と》び退《の》いた。その防具にトルクの剣が掠《かす》めて鋭い音をたてる。

「ちぃっ」

トルクの舌打ち。渾身の突きをかわされて伸びきったトルクの胴を、空中で突き出したアルマークの剣が鋭く抉《えぐ》った。

「ぐうっ」

トルクが地面に倒れ込む。とっさのことでかなり強めに打ってしまった。

「大丈夫か、トルク」

慌ててアルマークは膝をつく。トルクは苦しそうな顔でアルマークの顔を見上げた。一瞬の沈黙の後、トルクは大声で笑い始めた。

「くくく、ははは。やっと本気の顔をさせてやったぜ」

「え？」

「気に食わなかったんだ。武術のときはいつも余裕綽々《よゆうしゃくしゃく》の面しやがって。くくく、さっき俺の突きをよけるときのお前の顔、最高だったぜ。胴に思いっきり当たってりゃ言うことなかったんだがな」

「トルク、君はまさかそのために」

アルマークは呆れた顔でトルクを見た。

「暗くなるまで僕に相手をさせたのか」

トルクは汗にまみれた顔でにやりと笑う。

「毎回同じ展開で負けて、僕を油断させておいて、それで最後の勝負だけ、間合いを取ったときに闇に紛れて剣を左手に持ち変えたのか」

トルクの最後の突きは、左腕から放たれたものだった。そのせいで間合いに狂いが生じ、不意を突かれたアルマークは危うくその突きを喰《く》らいかけたのだ。

明かりのある武術場ではなく、外での勝負にこだわったのもそのせいだったのだろう。

「左の突きが甘かったな。やっぱり利き腕じゃねえからな」

言いながら、トルクは上体を起こした。

「急に間合いが近くなって焦ったろう」

「ああ」

アルマークが素直に頷くと、トルクはもう一度笑って、首を振った。

「惜しかったぜ」

「でもこれ、武術大会では使えないじゃないか」

武術大会は昼間、明るい中で行われる。こっそりと剣を持ち変えるようなことはできないだろう。

「武術大会なんざ」

トルクは鼻で笑う。

「お前の言うように、俺の体格と腕力でいくらでも圧倒してやるよ。そんなもん端《はな》から眼中にねえ」

「じゃあ、もしかしてこれは」

「そうだよ。お前に負けたあの日から、一泡吹かせてやろうとずっと考えてたんだ。あと一歩だったけどな」

アルマークはため息をついて立ち上がった。

「そうなのか。僕はてっきり武術大会の練習かと」

「……実力で勝てねえ相手には、策も使わなきゃならねえ。お前が勘違いしてるなら、それも利用する。嘘はつかなかったつもりだがな」

確かにトルクは一度も、武術大会の練習に付き合え、とは言わなかった。

「無様に負けたままで、お前に一矢報いもせずに前に進むのは、自分で許せなかった」

トルクは言った。それでアルマークは、トルクの言っているのが、初めての武術の授業でアルマークが彼に勝ったときのことだと気付く。トルクの胸には、あの日から今日までずっと消えることなく屈辱が残っていたのだと。

「さっきのお前の顔。とりあえずあれで良しとするぜ」

これで前に進める、とトルクは呟いた。

「俺を卑怯《ひきょう》と軽蔑するか」

そう言って、トルクはアルマークを見上げた。暗くて表情ははっきりとは分からないが、強い目の光がアルマークを見据えていた。アルマークは首を振った。

「いや。尊敬するよ、トルク」

その強さは、もしかしたらアルマークには馴染みのある強さに通じているのかもしれない。アルマークは立ち上がろうとするトルクに手を貸そうと、右手を差し出した。トルクは、首を振ってそれを拒絶する。

「助けはいらねえ」

そう言いながら、自分で立ち上がった。

「俺はいつだって自分の力で立ち上がる。今までも、これからもだ」

＊＊＊

剣と防具を片付けて、すっかり遅くなった帰り道をアルマークとトルクは無言で歩いていた。一度、アルマークから話しかけたが、トルクが鼻を鳴らしただけで返事もしなかったので、それからは二人ともずっと無言だった。

本当なら今日はウェンディと帰れたはずなのにな、などとアルマークは未練がましく考える。どこで間違えたんだろう。なんで隣にいるのがトルクなんだろう。

何の会話もないまま、寮までもう少しのところまで来ると、突然トルクが舌打ちした。

「嫌なやつらがいやがる」

「え？」

二人の行く手に、寮の明かりに照らされて、二人の少年が立っているのが見えた。

「誰だ？　見たことのない顔だ」

「お前は知らねえだろう。三組のやつらだ」

トルクが答える。

「へえ、三組の」

アルマークの言葉が聞こえたようで、二人が振り返る。

「やあ、トルクじゃないか」

そのうちの一人がトルクを見てそう声を上げた。

「こんな遅くまで何の練習だい？　まさか武術大会の？」

「お前に関係あるのか、エストン」

トルクがぶっきらぼうに答える。

「お前らこそこんなところで何をしている」

エストンと呼ばれた少年が笑う。大柄なトルクと並んでもひけをとらない体躯《たいく》をしていた。

「僕らはここで立ち話をしていただけさ。なあ、ポロイス」

「ああ」

もう一人の少年が頷く。こちらも横幅はエストンほどではないが、背が高くがっしりしている。

そうか、こいつらが。アルマークは思う。

「寮はがやがやとうるさくて。落ち着かないからここで話をね」

「ああ、そうかよ」

そう言いながら通り過ぎようとするトルクを、エストンが呼び止めた。

「聞いたよ。二組はウォリスが武術大会に出られないんだって？　かわいそうに」

面倒そうに舌打ちしてトルクは立ち止まる。

「それがなんだよ」

「だって、二組のめぼしい男子って君とウォリスくらいだろ？　ウォリスが出ないなら貴族の男子はもう君しかいないじゃないか。勝負にならないよ。残念だけど」

エストンは気の毒そうにトルクを見た。

「平民クラスに行ってしまうと大変だね。しなくてもいい苦労をする」

「大きなお世話だ」

トルクが答える。

「こちらも多少は手加減して君たちの顔を立ててあげたいところだけど、貴賓席の目もあるからね。悪いけど……」

エストンはにこりと笑った。

「全力で勝たせてもらうよ。全敗したからって泣かないでくれよ」

その言葉に、ポロイスがぷっと噴き出す。

「泣く、で思い出したぞ。そういえば、今のトルクのクラスにはよく泣く女子がいたな。あれ、なんて名前だったかな」

「ポロイス、僕に聞くな」

エストンが笑いながら応じる。

「平民の名前なんていちいち覚えてるわけないだろ」

「何の話か知らねえが」

トルクは二人のやり取りに割り込んだ。

「手加減する必要はねえ。ウォリスは出ねえが、こいつが出る。ウォリスよりも強いかもしれねえぞ」

そう言って、隣のアルマークを顎で示す。エストンとポロイスは、そこで初めてアルマークの存在に気が付いたように彼をちらりと見た。

「ああ。隣にいたのは、いつもの君のお付きのなんとかってのじゃないのか」

エストンが言い、ポロイスが笑う。

「三人目か四人目の付き人だろ。平民クラスにいるんだから、付き人のなり手には事欠かない。そこは羨ましいと思うよ、そこだけはね」

「アルマークだ」

アルマークは口を挟んだ。

「僕の名前は、アルマーク。今年の春に編入したばかりだから、知らないと思うけど。今度の大会にも出るよ。よろしく」

「トルク」

そのアルマークの言葉が聞こえていないかのように、エストンはトルクに話しかける。

「君も貴族の端くれなら、付き合う相手は考えた方がいい。付き人にするにしてももう少しましな平民がいるだろう」

はっ、とトルクは笑った。

「こいつは別に俺についてきてるわけじゃねえ。今日だって俺からこいつに勝負を申し込んだんだ」

エストンとポロイスは、顔を見合わせて眉をひそめる。

「トルク……」

エストンが気の毒そうに言った。

「大丈夫か、君は変わってしまったな。学院の中ではそれで良いかもしれないが、外の世界は厳しい。そんなことではとてもやっていけないぞ」

「余計なお世話だ」

トルクは首を振る。

「お前らに心配してもらう筋合いはねえ。お前らが俺よりも外の世界を知ってるってのか」

「まあ、それもそうか。確かにそうだね。きっと君は僕らよりも厳しい世界を知っているんだろうね。だって君の家は……おっと」

エストンの言葉に、トルクが一瞬殺気だった雰囲気を見せたので、エストンはおどけた仕草で口を押さえた。

「失礼。これは本人の前ではしてはいけない話だったかな。僕は君がさぞかし惨めな苦労をしたんだろうと言いたかっただけなんだが」

トルクは舌打ちして、地面に唾を吐く。

「相手にする価値もねえ。行くぞ、アルマーク」

「一年のときに君たちと同じクラスだった……」

アルマークはトルクに構わず、二人に声をかけた。

「ノリシュって女の子を覚えてるかい？」

二人はまた顔を見合わせた。アルマークの顔は見ようとしない。そういうところは徹底しているようだ。

「さあ。名前だけじゃ分からないな」

エストンが二人を代表して、そっけなく答えた。

「そうか。ありがとう」

アルマークの言葉に二人は何の反応も示さない。

「アルマーク」

トルクが苛立った声を上げる。

「ああ、ごめんトルク。行こう」

アルマークはトルクと並んで、二人の横を通り過ぎた。

「武術大会、楽しみにしてるよ。トルク」

エストンの声にトルクが振り返って、うるせえ、と怒鳴り返す。そこにポロイスの笑い声が重なった。しばらく歩いたところで、トルクが舌打ちする。

「わざと待ってやがったな。いつ会っても不愉快なやつらだ」

「面白い連中だね」

アルマークは言った。

「あ？」

トルクはアルマークの顔を見る。

「お前、何を笑ってるんだ」

「うん、ちょっとね」

アルマークははぐらかした。エストンとポロイスの態度を見ているうちに、アルマークはいつかの父の言葉を自然と思い出していた。


傭兵団の雇い主の貴族たちも賢い人間ばかりではない。中にはずいぶんな無茶《むちゃ》を言う者もいるし、そもそも傭兵を人間だとも思っていないような輩《やから》もいる。そういう貴族との交渉に赴くと、時折、父は笑いながら帰ってきた。

あるとき、アルマークがその理由を尋ねると、父は時たま見せる酷薄な傭兵の笑みを浮かべて、こう答えた。

「アルマーク、俺は今から楽しみでしょうがねえんだよ。こっちの顔を見もしねえで、人のことを名前もない野良犬みたいに扱いやがったあの連中が、次に会うとき、媚《こ》びた笑みを浮かべながら恐る恐る俺の名前を呼ぶときの、その面を見るのがよ」

父はアルマークの頭を撫《な》でて、団長のテントに歩き出しながら、おどけたように付け加える。

「さあて、そのためにも今日も命を懸けて戦わねえとな」

アルマークには、その父の背中が何だか怖くもあり、頼もしくもあった。

「ネルソンも言ってたけど、僕も燃えてきたよ。どうせ戦うなら気に食わないやつらの方がいい」

アルマークが不敵に笑うのを見て、トルクも薄く笑った。

「あんな連中にいちいち本気で腹を立ててたら、貴族なんて務まらねえが」

そう言って、ちらりと後ろを振り返る。

「あいつらにいささか同情するぜ。お前のそんな笑顔を見るとな」

「勝とう。トルク」

アルマークがトルクを振り向き、握り拳を作る。

「あんなやつら、こてんぱんにしてやろう」

「よせ。俺の相手はそもそも一組だ」

トルクは苦笑する。二人の姿はやがて、並んで寮へと消えた。

翌朝。

アルマークたち四人がいつもの場所で練習をしていると「こんなところでやってるのかよ」という声。

「トルク」

意外な人物の出現にアルマークは声を上げた。トルクがガレインとデグ、ピルマンを連れて姿を現したのだ。

「遠すぎじゃねえのか。寮からだいぶ歩いたぜ」

「何の用だよ」

ネルソンが剣を下ろしてトルクを睨む。

「冷やかしならお断りだ。こっちは真剣にやってるんだ」

「それは願ってもねえな」

トルクは抱えていた防具や剣を地面に下ろした。

「俺たちも今日からここで練習する」

アルマークの後ろでモーゲンが、げっ、と声を上げる。

「どういう風の吹きまわしだい、トルク」

アルマークはトルクに尋ねた。アルマークの顔がすでに笑っているのを見て、トルクが顔をしかめる。

「俺たちは一組に問題なく勝つつもりだが」

トルクは腰に手を当てた。

「三組のエストンだのポロイスだの、あんな連中に目の前で勝ち誇られたら癪《しゃく》でしょうがねえからな」

「俺たちだって勝つ」

ネルソンが噛《か》み付《っ》くように言う。

「三組になんか負けねえよ」

「だから」

トルクは不敵に笑った。

「そのために俺たちもここで練習するって言ってるんだ」

「それは助かるな」

アルマークの言葉に、ネルソンが不満げに振り向く。

「アルマーク。お前さえいれば別にトルクの助けなんかいらねえよ。気分わりいだけだ。俺たちだけで練習しようぜ」

「うん。うんうんうん」

モーゲンが一生懸命頷く。

「僕も賛成」

「昨日、三組のエストンとポロイスの二人に会ったよ」

アルマークは言った。

「二人とも体格が大きかった。ちょうどトルクくらいだ。あいつらと戦うことを想定したら、トルクが練習相手にちょうどいい」

ついでに、とアルマークは付け加える。

「ネルソン、君の言った通り二人ともいけ好かないやつらだった。ちょうど昔のトルクくらいだ。あいつらと戦うことを想定したら、トルクが練習相手にちょうどいい」

「おい」

トルクが顔をしかめ、レイドーがぷっと噴き出す。

「冗談だよ、トルク」

アルマークはトルクに断って、続ける。

「僕もあんなやつらに負けるのはごめんだ。ネルソン、あいつら……」

アルマークは笑みを引っ込めてネルソンの顔を見た。

「ノリシュの名前も覚えてなかったよ」

「あいつら」

ネルソンは顔を歪《ゆが》めて吐き捨てる。

「何様だ。思い知らせてやる」

地面を何回か乱暴に蹴って、ネルソンはそれで自分の気持ちにけりをつけた。

「仕方ねえ。二組の中でごちゃごちゃ言ってる場合じゃねえ。トルク、仮想エストンとポロイス戦だ。練習相手になってもらうぜ」

「だから最初からそう言ってるじゃねえか」

トルクはそう言い捨て、さっさと防具を着け始める。

「じゃあデグにはレイドーと試合してもらおう。ピルマン、君はモーゲンと。ガレインは僕とだ」

そうと決まれば時間がもったいない。アルマークは手早く全員に指示を出した。

「全員で勝とう」

「おう！」

ネルソンが返事をし、レイドーとデグが頷いた。


大柄なガレインは俊敏さに欠けるものの、なかなかのパワーの持ち主だ。アルマークはガレインの突きを受けながら、「いいぞ。ガレイン、筋がいいな」と声をかけた。

ガレインがにやりと笑う。何か腹に一物ありそうな不敵な笑みに見えるが、下級生を泣かせてしまったこともあるこの不気味な笑い方が、ガレインの素の笑顔だということをアルマークは知っている。笑い方で損をしている男なのだ。

「そのまま攻め続けて」

しかし、意外にもすぐにその剣先が鈍り始めた。

「どうした、ガレイン」

声をかけるが、ガレインは肩ではあはあと息をし始める。要は、体力切れだ。

「きつくなってからが本番だ。ガレイン、もう少しだ」

アルマークはガレインにはっぱをかけて、最後はわざと自分の胴でガレインの突きを受けてやった。

「そうだ、今の突きを覚えておくんだ。苦しいときにもそれが出せれば勝てるよ」

アルマークの言葉に、ガレインは喘《あえ》ぎながらも頷く。ガレインを休憩させて、アルマークはネルソンとトルクに目を向けた。

ネルソンは、トルクとほとんど互角の戦いをしていた。さすがにこの夏全てを剣に捧げただけのことはある。トルクの重量級の突きをうまく捌いて、決して正面に立たず、防戦一方になることなく効果的な突きを繰り出している。

しかしトルクも簡単に下克上を許しはしない。ネルソンの突きを豪快に打ち払って主導権を譲らない。最終的には、ネルソンの技術をトルクの力がねじ伏せた。

「くそっ」

膝をついて喘ぎながら、ネルソンが悔しそうな声を上げる。

「あと少しだったのに」

「あと少し？　まだまだだ」

トルクが額の汗を拭いながら片頬だけで笑った。

「これで俺の三戦三勝だ。お前が思っている以上に差はでかいからな」

「いつもぎりぎりじゃねえか」

ネルソンがそう言って立ち上がる。

「実力は迫ってるんだ。認めろよ」

トルクは、ふん、と鼻を鳴らす。

「ま、夏前よりは上達したのは認めてもいいがな。本番にも多少は希望が持てそうだ」

「うるせえ。素直に認めてんじゃねえ」

自分から認めろと言っておいて、ネルソンはトルクの言葉に噛み付いた。

「お前はいつもみたいに憎まれ口叩いてりゃいいんだ。その方がこっちはやる気が出るんだよ」

トルクは口角を上げてネルソンを見下ろす。

「ネルソン、いつも威勢だけだ、お前は。減らず口を叩く前に一度でも俺に勝ってみせろ」

「だから勝つって言ってんだ」

そのやり取りを見て、アルマークはこの二人はしばらく放っておいても大丈夫そうだ、と判断した。

レイドーとデグの勝負は一進一退だった。というよりは、レイドーの調子が良ければ彼が勝ち、調子が悪ければデグが勝つ、という具合で勝負の行方が完全にレイドーの調子に委ねられていた。レイドーのむらっけは相変わらずだった。アルマークは二人にいくつかアドバイスして、モーゲンとピルマンに目を向けた。

ピルマンはガライ王国の農村の出身で、彼もお世辞にも運動神経がいいとは言えないが、モーゲンはそのピルマンに圧倒されてしまっていた。腰の引けた突きをいなされ、あっさりと胴を突かれて膝をつく。

同じようなやり取りが繰り返され、ピルマンがどんどん自信をつけていくのが分かる。その逆に、モーゲンの身体からは、ただでさえなかった自信がさらに抜けていくのが目に見えるかのようだった。

ああ。僕はピルマンとやってもこんななのか。ダメなやつだ、僕は。モーゲンの背中がそう言っているのがアルマークには手に取るように分かった。

これは一度止めよう。アルマークは二人の間に入ると、ピルマンに休憩してもらいモーゲンを呼ぶ。

「もうダメだ」

開口一番、モーゲンは今にも泣きそうな顔で言った。

「ピルマンとなら、少しは勝負になるかと思ったけど。ごめん、アルマーク。僕は何の役にも立たないやつだ」

「何言ってるんだ」

アルマークは声に力を込める。

「モーゲンは僕の恩人だ。こんな武術大会の練習ごときで君への信頼は揺るがない」

それはアルマークの本心だった。いざというときのモーゲンの強さと勇敢さを、アルマークはよく知っていた。だが、それはそれとして。アルマークは考える。モーゲンにこれから武術の基礎的な技術を伸ばしてもらっても、大会には到底間に合わないだろう。所詮、大会は一発勝負だ。モーゲンにもできることを考えよう。

「モーゲン」

アルマークはモーゲンの肩を叩いた。

「今日から、僕と特別練習をしよう」

「え？」

モーゲンが怯《おび》えた顔をする。

「怖いのは嫌だよ」

「大丈夫。君がダメなやつなんかじゃないってことを、僕が証明する」

アルマークは笑顔で言い切った。

日食

いよいよ武術大会が迫ってきた。

アルマークは、朝の練習では、他の皆から離れてモーゲンと二人、秘密の特訓に励んだ。ネルソンはトルクと、レイドーやガレインたちは四人で、それぞれ練習を積んでいた。

トルクは、自分のプライドに懸けてネルソンには絶対に負けなかった。しかし、それでも簡単に勝つこともできなくなり、一度などは練習時間の最初から最後まで二人でひたすら打ち合い、終了間際にようやくトルクが勝ったこともあったほどだった。

そして放課後になると、アルマークは、イルミスのもとで霧の魔法を練習する。

それが終わり、すっかり暗くなった頃に魔術実践場を出ると、だいたいは武術場を出てきたウェンディと一緒になる。レイラがその隣にいたりいなかったり。一緒に帰ってもレイラはウェンディと話すばかりで、アルマークにはほとんど視線も向けない。

あるとき一度だけ、

「どう。ネルソンたちは勝てそうなの」

と聞いてきたことがあるが、アルマークが、

「ああ。きっと勝つよ」

と頷くと、そう、とそっけなく答え、それ以上は何も言ってこなかった。

ある日の帰り、アルマークがウェンディと二人で寮への道を歩いているときのことだ。ウェンディが、最近レイラに勝てなくなった、とこぼした。

「前はほとんど互角だったのに、最近レイラが何かコツを摑《つか》んだみたいでほとんど勝てなくなっちゃった」

「レイラが半身の姿勢をなかなか崩さなくなったんじゃない？」

「うん、そう」

頷いてウェンディが目を丸くする。

「どうして分かるの？」

「僕がそういう風にアドバイスしたから」

「えー！」

ウェンディが声を上げた。

「アルマークが教えたの？」

「前、帰りが一緒になったときに、少し話しただけだけどね」

アルマークは頷く。

「ちゃんと実践してるんだね」

「レイラだけずるい」

ウェンディはアルマークを軽く睨んだ。

「私にだって教えてほしい」

アルマークは苦笑いする。

「そんなずるいとか言うほどのことじゃ」

「だって私と一緒に帰っても、いつもそんな話はしてくれない」

「いや、それは」

アルマークは口ごもる。ウェンディと他愛《たわい》のない話をするのが楽しいから、とは恥ずかしくて言えなかった。

「それは、何？」

「ウェンディは、戦い方が素直すぎるんだ」

アルマークは少し慌てて答えた。

「相手が嫌がることをやってごらん。きっと勝てるようになるよ」

「相手が嫌がることって……」

ウェンディは眉をひそめる。

「具体的にはどんなこと？」

「君が試合で相手にやられて嫌なことを考えてみて。それを相手にそのまますればいい」

「やられて嫌なこと」

ウェンディは難しい顔をして黙り込む。しばらく二人はそのまま黙って歩いた。さくさくと地面を踏む二人の足音だけが響く。

やがて、ウェンディは諦めたように笑って首を振った。

「人の嫌がることを考えるのって疲れるね」

それから、独り言のように言う。

「やっぱりアルマークとは何でもない話をするのが楽しい」

武術大会の日取りが近付くにつれ、徐々に学院の敷地内に衛兵たちの姿が目立つようになってきた。どうも外から来た兵士たちのようで、地図を片手に学院のあちこちをまわり、場所の確認をしながら話し合っている。

朝の練習のときにアルマークがその話をすると、トルクが鼻で笑った。

「大会の当日に王族が突然来るだけで済むわけねえだろう。こうやって前々から警備の人間が王族を迎える準備をするに決まってるだろうが」

「そういうことか。確かにそれはそうだな」

「そりゃ王様が来るんだからな。それくらいの準備はするよな」

そう言ってネルソンも頷く。

「すごいことだよね、僕たちの試合をわざわざ王様が見に来るなんて」

とモーゲン。

「王様の前で勝てたら気持ちいいだろうね」

とレイドーも言う。

「まあ王族ったって、俺たちを見に来るのは国王陛下じゃねえしな」

トルクの言葉に、その場の全員が振り返った。

「な、なんだよ」

いきなり全員の視線を浴びたトルクが少しうろたえる。

「……王様が来るんじゃないの？」

モーゲンが恐る恐る尋ねた。

「王様が来るって聞いたぜ、俺は」

とネルソン。

「ウェンディが言ってたんだ。王様が来るに決まってるよ」

アルマークが言い、

「ウェンディとトルクなら、ウェンディだろうね」

とレイドーも頷く。

「お前らなぁ」

トルクは心底ばかにしたようにアルマークたちを見た。

「来るよ。国王陛下は来る。でも俺たち初等部の大会なんか見に来るわけねえだろ」

それを聞いても、みんなぽかんとするばかりだ。トルクはじれったそうに舌打ちする。

「だーかーらぁ！　国王陛下は一番派手な高等部の大会を見に行くに決まってるだろ！　俺たちのところに来るのは他の王族の誰かだ。誰だかは知らねえが」

「えー!?」

ガレインやデグを含めた全員が落胆の声を上げた。

「王様じゃねえのかよ！　俺、父ちゃんと母ちゃんに自慢しちまったよ！　王族って誰だよ！」

「それは聞いてなかったな……」

「そんな……王様じゃないの？　僕の武術大会は終わった」

口々にぼやくアルマークたちをトルクは面倒そうに眺める。

「練習しねえなら俺は帰るぞ」

「うるせえ、トルク！　お前に俺の気持ちが分かるか！　この怒り、お前にぶつけてやる！」

ネルソンが叫んでトルクに突っかかっていく。

「仕方ない。僕たちも練習しよう」

アルマークはレイドーたちに声をかける。

ウェンディの言うことだから、深く考えもせずに鵜呑《うの》みにしてしまっていたが、よく考えればトルクの言うことは当たり前の話だ。来るのが王様だろうが、他の誰かだろうが、やることに変わりはない。

三組に勝つ。それだけだ。

「やるよ、モーゲン」

「うん」

頷くモーゲンの瞳に少しずつ力が戻ってきているのが分かる。訓練の成果が出てきている証拠だ。もう少しだ。アルマークは思った。モーゲンには間違いなくすごい力がある。だが、間に合うだろうか。武術大会の日はすぐそこまで迫っている。冷静な目で見ると少し厳しい気もしていた。


果たして、アルマークの心配は当たった。

朝の練習を始めてからのモーゲンの上達ぶりは目覚ましかったが、それでもスタート地点が他の生徒よりも遥か後方だったことは否めなかった。このままでは三組に勝てないことは火を見るよりも明らかだった。

朝の訓練だけでは時間が足りない。放課後まるまるとは言わないまでも、せめてそのうちの一部を、モーゲンの特訓に充てたい。そう考えたアルマークは、無理を承知でイルミスに相談してみることにした。

その日の放課後、魔術実践場へ赴き、いつも通り瞑想を始めようとするアルマークに、イルミスの方が声をかけた。

「君は、武術大会に選手として参加するのだったね」

「はい」

アルマークは頷く。

「それでは明日は補習をなしにしよう。ここのところ慣れない魔法の訓練が続いているからな。試合前の選手にはしっかりとした休息が必要だ」

「ありがとうございます」

「いずれにせよ、明日は訓練に適さない日だ」

いつもの静かな口調で、イルミスは言った。

「魔力が不安定になるのでな。何か別の勉強に充てなさい」

「それは、どういうことでしょうか」

不思議に思ったアルマークは尋ねる。

「明日は特別な日なんですか」

「明日の今時分には、日が翳る」

イルミスは、カーテンを閉め切ったままの実践場の窓を見上げて、そう言った。

「だが、雲がかかるわけではない。この意味が分かるかね」

「日が翳るのに、雲がかかるわけでは……」

アルマークはイルミスの言葉を繰り返し、しばらく考えた。それからその意味するところが一つしかないことに気付く。

「まさか、日食……ですか」

「さすがに察しがいい」

イルミスは薄く微笑む。

「その通り。明日の午後、太陽の一部が欠ける。人間にとって太陽の光は」

「生命力の源です」

アルマークはイルミスの言葉を継いだ。

「そして生命力は、魔力と密接に結びついている。そうですよね」

「正解だ」

イルミスは頷く。

「よく勉強しているな」

「休暇前に、デミトル先生の授業で習いました」

イルミスに誉められるのが嬉しくて、アルマークは口元を綻ばせた。そのせいで、余計なことまで口にしてしまう。

「デミトル先生は、イルミス先生には古《いにしえ》の魔術師の風格があるっておっしゃっていました」

「それは買いかぶりいうものだな」

イルミスはにこりともせず、そう切り捨てた。

「デミトル先生も、そんなことを本気でおっしゃったわけではないだろう」

ああ、要らないことを言ってしまった。アルマークは内心、後悔する。

「まあそういうわけで、明日は日食が起きる。その時間の前後は、魔力が不安定になる。君の今の技術では、明日訓練することに意味はないだろう。よって補習はなしだ」

イルミスは言った。

「何か他の有意義なことのために時間を使いたまえ。やることがないなら、瞑想の訓練くらいはしていっても構わないが、君とて魔法の訓練以外にもいろいろとやらなければならないことはあるのだろう」

それでアルマークはモーゲンのことを思い出した。

「はい。そうだ、先生。お願いがあるんです」

アルマークは、放課後の武術の訓練のことを切り出した。やはりイルミスはあまりいい顔をしなかった。だが、結局はモーゲンの特訓を終えたら速やかに校舎に戻って補習を受けるという条件付きで、了承してくれた。

そうと決まれば、あとは練習場所だ。気持ちの逸《はや》るアルマークに、イルミスが言った。

「友人の訓練に付き合うのも決して悪いことではない。それは認めよう。だが、その代わり今日はいつもと少し趣向を変えてみよう」

「趣向を」

アルマークはイルミスを見上げる。

「なに、大したことではないよ」

イルミスはそう言って、アルマークの着ている濃紺のローブを指差した。

「その制服のローブを脱ぎたまえ」

「……？」

アルマークは自分のローブの袖を摘《つま》む。

「これをですか」

「そうだ」

イルミスは頷く。アルマークは訝《いぶか》しげな顔のままで、まとっていたローブを脱いで床に置いた。

「脱ぎました」

「よし。では、いつものように瞑想から」

「……これだけですか？」

「そうだ。さあ、瞑想を」

「……はい」

アルマークは目を閉じた。よく分からないが言われるがままに、瞑想を始める。

どんな精神状態でも集中ができるように。それはこの夏、アルマークが取り組んできたテーマの一つだった。頭に浮かんだ疑問や不安。そういった雑念を一つずつ、球状に丸めて、心の底に張った水の中に沈めていく。捨て去るのではない。一旦沈めておくだけだ。

ぼちゃん、ぼちゃん、と水音が上がる。その度ごとに心が澄み、集中できていくのが分かる。これがアルマークがたどり着いた瞑想のやり方だった。

やがて全ての雑念の球が水に沈み、心の中が空っぽになる。代わりにその空間に沸き上がってくる、とらえどころのない、水のような砂のような風のようなもの。魔力だ。

その魔力を、イメージの指で練り上げる。最初はどう練ればいいのか見当もつかなかったが、毎日瞑想しながら魔力を適当にこねくりまわしているうちに、徐々に摑めてきた。

アルマークは手慣れた調子で魔力を練り上げていく。じきに、質の高まった魔力が一つの流れを作ってうねり始める。

形を。我々に、世界に力を行使しうる形を。

魔力がそう求めているかのように、身体の中を流れる。これで準備完了だ。アルマークは目を開けた。

「いいかね」

イルミスの問いに黙って頷く。

「よし。霧の魔法のイメージを」

「はい」

アルマークは右手を掲げる。連日の練習で、だいぶ滑らかに霧を出せるようになっていた。アルマークは集中して、魔力の水を細分化するイメージを作っていく。

……あれ？

アルマークは違和感を覚えた。魔力がうまく右手に集まってくる感じがしない。それどころか、身体中のいたるところから魔力が漏れ出てしまっているような。

なんだ、これは。魔法を使うのに、ひどく無防備な感じがする。たとえるなら、傭兵が鎧《よろい》をまとわずに戦場に出るかのような。それでも、アルマークの右手は魔法の霧を発した。

しかし、いつもの勢いには程遠い頼りなさだ。いつもは魔力が一本の水路をまっすぐと流れてくるのに、まるで今は数えきれない箇所で水路が決壊して下流まで流れてこないかのようだった。

「先生、これは」

たまらず、イルミスにそう声をかける。

「イミビカリアサ」

イルミスは言った。

「君たちの着ているローブに織り込まれている繊維の、元の植物の名だ」

「イミビカリアサ」

何のことか分からず、アルマークはその名を反芻《はんすう》する。イルミスは頷く。

「これが、魔術師がローブをまとう理由だよ、アルマーク」

魔術師がローブをまとう理由。それは、アルマークがこの学院に来て初めての補習でイルミスから与えられた問いの一つだった。

「魔力を遮る働きのある植物は、いくつかある。イミビカリアサもそのうちの一つだ」

イルミスは言う。

「そういった植物の繊維を織り込んだローブをまとうことによって、魔力の身体からの余計な漏れを防ぐ。簡単に言えば、魔法を使う際に魔力の集中が容易になり、効率が高まる」

それが、魔術師がローブをまとう本来の理由だ、とイルミスは言った。しかし今では、その本来の意味が薄れ、ただ単に魔術師というものの権威の象徴としてローブをまとっているに過ぎない魔術師が外の世界には多い、とイルミスは説明する。

「そういった魔術師の着ているローブのほとんどはただの布で、何も織り込まれていないことが多いがね」

「……じゃあ、別にそういった植物が織り込まれてさえいれば、形はローブである必要はないんですか」

「全身をすっぽりと覆うものが望ましいということはある。が、まあローブにこだわる必要はないだろう。とはいえ、さっき言ったようにローブは今では魔術師の権威の象徴でもあるからね。他の服よりもローブを着ている方が魔術師らしい、と皆も思うのだろう」

「……なるほど」

アルマークは頷いた。

「今日初めて分かりました。ローブをまとっていないだけで、魔法がこんなにも使いづらくなるなんて」

「君には実感させるのが一番だと思ったからな」

イルミスが言う。

「これからはローブをまとっていない状態での練習も始めていこう」

「はい」

返事をしながら、そういえば、とアルマークは級友たちの姿を思い出す。庭園のボルーク卿の迷路でのウェンディやネルソン。ミレトスへの旅でのモーゲン。皆、ローブをまとっていなかった。それなのに、まるで普段通り何事もないかのように魔法を行使していた。

「クラスメイトたちは、ローブを着ていなくてもみんな、普通に魔法を使います」

アルマークは言った。嘆息して、首を振る。

「やっぱりみんなすごいな。自分でやってみてそれが初めて分かります。みんな、まだまだ遥か先だ。追い付けない」

「気が滅入《めい》るかね？」

イルミスがアルマークを測るように見る。

「全然滅入らない、と言えば嘘になりますけど」

そう言ってアルマークは笑顔を見せた。

「それ以上に嬉しいです」

「嬉しい」

イルミスが片眉を上げる。

「はい」

アルマークは頷いた。

「嬉しいです。自分のクラスメイトがそんなにすごい子たちだということが改めて分かって。僕はそんなすごい子たちと毎日机を並べてるのかと、誇らしいんです」


補習を終え、帰り際にアルマークはふと、イルミスに尋ねてみた。

「先生は武術もやられるんですか？」

「なぜかね？」

「選手には休息が必要だ、とおっしゃってたので」

「ああ」

イルミスは笑う。

「私もここの生徒だった頃は、高等部の個人戦を三連覇したものだよ」

「ええっ！」

アルマークは目を丸くした。

「すごい、先生は魔術だけじゃなくて武術も」

「冗談だ」

真顔に戻り、イルミスは答えた。

「そんなわけがないだろう。武術は苦手だ。武術大会では選手にも選ばれないことの方が多かったね」

にこりともせずに言う。

「選手に休息、などというのは単なる常識だよ。さぁ、だいぶ遅くなった。今日はもうあがりたまえ」

また余計なことを聞いてしまった、とアルマークは思った。


翌日の授業では、担任のフィーアが真っ先に日食について触れたが、それだけでなく、一組の担任のウェンシンハスや三組の担任のデミトルも揃って授業の際に日食について言及した。

デミトルは相変わらずの穏やかな物腰で太陽と魔力の関係についてひとくさり話をしただけだったが、普段から口うるさいウェンシンハスはいつにも増して、今日は魔力が不安定になるので、諸君の未熟な魔法をいたずらに使うことのないように、と繰り返した。

「先生たちがみんな日食のことを話すね」

ウェンシンハスの授業が終わった後で、アルマークが隣の席のウェンディに声をかけると、ウェンディも頷いた。

「うん。実は私たちがこの学院に入学してから、日食が起きるのって今日が初めてなの。だから私もちょっと驚いてる」

「そうか、君たちも初めてなのか」

「それだけ魔術師にとって大きなことなんだろうね、日食って」

ウェンディはそう言って窓の外を見た。雲一つない快晴だ。太陽はまだどこも欠けることなく天に輝いている。

「みんな、放課後はどこかで日食を観察しようっていう話をしていたよ。セラハとキュリメは庭園の奥の方に行くんですって。ネルソンとレイドーなんてわざわざ森の中の物見岩まで行くって言ってたわ」

「日食の観察か」

アルマークにはその発想はなかった。

「ウェンディもするのかい」

「私は……」

ウェンディは少し考えて、それから声を落とす。

「今日はレイラが武術場の練習には行かないって言ってたの。日食で魔力が安定しない日だからこそ試してみたい魔法がいろいろとあるんですって」

「魔法の訓練かい」

アルマークは目を見張った。

「ウェシンハス先生があんなに注意してたのに、それでもやるんだね」

「レイラは研究熱心だから」

ウェンディは微笑む。

「だから私も暇なの」

ウェンディはそう言ってちらりとアルマークを見た。

「アルマークは、どうするの」

「今日の放課後は、モーゲンと用事があるんだ」

モーゲンとの放課後の特訓場所を探す必要があった。朝の練習は寮の方でしているが、放課後の特訓をそこでやるわけにはいかない。練習の後にアルマークはまた校舎に戻ってイルミスの補習を受けなければならないからだ。いちいち寮と校舎を行き来するのは時間がかかりすぎた。

「あ……そうなんだ」

ウェンディの表情が少し翳ったような気がして、アルマークが顔を覗き込むと、そのときにはもうウェンディはいつも通りの笑顔だった。

「ほら、次の授業は治癒術棟だよ。そろそろ行きましょう」

ウェンディはそう言って立ち上がった。

放課後になると、アルマークとモーゲンは連れ立って校舎近くの庭園へと足を向けた。

「この近くでいいところがあればいいんだけど」

庭園を歩きながら、アルマークは言った。

「できれば、人目につかないところ」

「そうだね。下級生に見られたらかっこ悪いし」

モーゲンが頷く。

「いや、そういうことじゃなくて」

アルマークは首を振る。

「君の特訓のことが、三組の生徒に漏れないようにしないといけないから」

「その辺は大丈夫だと思うけどな」

モーゲンは気楽な口調で応じた。

「だって僕が武術はからっきしだってことは、同じ学年の生徒ならみんな知ってるからね。誰も僕のことなんか警戒してないよ」

「一人くらいいるかもしれないじゃないか、君の本当の力に気付いている人間が」

「本当の力って」

モーゲンは困ったようにため息をつく。

「アルマークは大げさだなあ」

「自信を持っていいよ、モーゲン」

アルマークはモーゲンの肩を叩いた。

「君は冬の屋敷で、百戦錬磨の北の傭兵を窓の外に吹き飛ばした男なんだから」

「いや、あのときは必死だったから」

「必死になれることがすごいのさ。そして、君は自分の役目をきちんと果たしてくれた。僕があの傭兵に勝てたのだって君の」

「あ、ウェンディだ」

「え？」

話の腰を折られたアルマークは、モーゲンの視線の先を見た。濃紺のローブに身を包んだ可憐《かれん》な後ろ姿。確かにウェンディが寮の方へと帰っていくところだった。

「ウェンディ」

モーゲンが手を振る。

「これから帰るところかい」

「あっ、モーゲン。アルマークも」

振り向いたウェンディは嬉しそうな顔を見せた。

「うん。今日はレイラも武術場にいないし、そう思ってたんだけど……」

ウェンディは二人を不思議そうな顔で見る。

「確か、二人は用事があるんだったよね。どこに行くの？」

「僕たちはこれから特訓の場所探しなんだ」

モーゲンが胸を張った。

「え、特訓？」

ウェンディはきょとんとする。

「だってそれなら、ネルソンたちと朝やってるじゃない」

「補習だよ、補習」

モーゲンはなぜか得意そうに言う。

「僕は武術が苦手だからさ。特別にアルマークの補習を受けるんだ」

「ああ、そういうこと」

ようやく納得がいった様子で、ウェンディは微笑んだ。

「アルマークが教えてくれるなら、間違いないね」

そう言ってアルマークにも笑顔を向ける。

「私も教えてほしいくらい」

「いいよいいよ、ウェンディも来なよ」

モーゲンは嬉しそうに言った。

「僕もウェンディになら見られたって大丈夫だから。ね、アルマーク」

「うん、もちろん」

アルマークは頷いた。

「ウェンディ。もし君さえよければ」

「いいの？　嬉しい」

ウェンディは本当に嬉しそうに胸の前で両手を合わせる。

「どこでやるの？」

「そう、それを探してたんだ」

モーゲンが思い出したように手を叩く。

「あんまり人目につかないところでやりたいんだ。なにせ、秘密の特訓だからね」

さっきまで別に誰に見られてもいい、なんて言っていたくせに、今は真剣な顔でウェンディにそんなことを言うモーゲンに、アルマークは苦笑する。きっかけはどうあれ、やる気が出たのはいいことだ。

「そうだよね、秘密の特訓だもんね」

人のいいウェンディも、真剣な顔で頷く。

「他のクラスの人に見られないようにしないとね」

「ウェンディ、君はどこか知らないかい」

アルマークはウェンディにも尋ねてみた。

「校舎から近いところで、それなりに広さがあってあまり人目につかないところ」

「うーん……庭園は武術大会に関係ない一年生と二年生が結構遊んでるんだよね」

そう言って、ウェンディは唇に人差し指を当てて思案顔をする。

「実際に行ってみないと分からないかも」

「もし当てがあるのなら行ってみよう」

アルマークは言った。

「今日は大丈夫だけど、明日からはあんまり遅くまで訓練ができないんだ。イルミス先生に、短時間ならいいっていう条件付きで許可をもらったから」

「そうだよね、アルマークはアルマークで魔法の補習があるものね」

頷いたウェンディは、時間を確かめるように空を見上げた。まだ夏といってもよい鮮やかな青い空の、高い位置に太陽はあった。

「じゃあ、早速行きましょ」

三人は連れ立って歩き出す。こうして三人で並んで歩くのは何だか久しぶりな気がして、アルマークは隣を歩くウェンディを見た。それはウェンディも同じだったようで、ふふふ、と笑い声を漏らす。

「どうしたんだい」

「思い出してたの」

ウェンディは笑顔のままアルマークに答える。

「ほら、ミレトスで行ったピクニックで、モーゲンのお腹《なか》が鳴っちゃったときのこと」

「ああ」

アルマークもそのときのことを思い出して、口元を緩めた。

「そんなこともあったね。あれはいい音だった」

「やめてよ」

赤い顔でモーゲンが腕を振り回す。

「あれ以来、僕のお腹は鳴ってません」

「この前、授業中に鳴ってたのを聞いたわよ」

「ああ。僕も聞いたな」

二人にそう言われて、モーゲンはただでさえふっくらとした頬を膨らませる。

「もう。僕のお腹のことはいいから」

そう言って、二人の前に出る。

「今は練習場所を探してるんでしょ」

アルマークとウェンディはその丸っこい背中を見て、くすくすと笑い合う。

「ごめんなさい、モーゲン」

「もう言わないよ」

自分を挟むように並んだ二人に、モーゲンは難しい顔を作ってみせる。

「二人とも真面目にやってくれないと困るなあ。武術大会の勝利が懸かってるんだからね」

その言い方がおかしくて、またウェンディが噴き出す。

「あっ、また笑って」

モーゲンが二人から離れるように早足で前に出たときだった。植え込みの陰から突然誰かが姿を見せた。

「わあ」

同じように早足で歩いてきたその女子生徒とぶつかりそうになって、モーゲンが声を上げる。女子生徒も驚いたように立ち止まった。

「あっ、ごめんなさい」

「あれ、セラハ」

ウェンディがそう言って目を見張ると、相手の女子生徒も同じように驚いた声を出す。

「あれ、ウェンディたちじゃない。三人揃って珍しいね」

女子生徒はアルマークたちと同じ三年二組のセラハだった。

「セラハこそどうしたの、こんなところで一人で」

「それがね」

明るく気取らない性格のセラハは、髪をかき上げて困ったように笑う。

「キュリメと一緒に、日食を見た後で帰ろうと思って。庭園でどこか静かでちょうどいい場所を探してたんだけど、はぐれちゃったのよ。そっちで見なかった？」

「キュリメ？」

アルマークたちは顔を見合わせた。

「いやあ。僕らは見なかったなあ」

モーゲンの言葉に、アルマークとウェンディも頷く。

「そっか」

セラハはため息をつく。

「諦めて一人で帰っちゃったのかな」

「見かけたら、セラハが探してたって伝えるね」

ウェンディが言うと、セラハは笑顔で頷いた。

「ありがとう。もし会ったら、私は日食を見たら寮に帰るからって言っておいて」

「うん、分かった」

セラハと別れた三人は再び庭園を歩き出す。だが、ウェンディの心配した通り、そこかしこに一年生や二年生の姿があり、落ち着いて特訓できる雰囲気ではなかった。

「校舎に近いから、下級生が多いのかもしれないね」

賑やかに駆けまわる下級生たちを見やって、ウェンディが言う。

「思い切ってちょっと校舎から離れてみた方が、人のいない場所が見つかるかも」

「そうだね」

アルマークは頷いた。

「ちょっと足を延ばしてみようか」

庭園の中で足を延ばす程度なら、寮まで戻るのとはわけが違う。多少なら校舎から離れても大丈夫だろう。

「あ、そういえばあそこはどうかな」

ウェンディが思い出したように声を上げた。

「モーゲン、この先にある古い小さな石碑の場所って分かる？　あそこの前がちょうど開けてるよね」

「石碑？　そんなところがあったかな」

モーゲンは首を捻る。

「僕は印象にないなあ」

「よさそうじゃないか。行ってみよう」

アルマークは言った。

「モーゲンが分からないなら、きっとあまり人が来ないところだよ」

「そうだね」

「こっちだよ」

ウェンディが普段は滅多《めった》に使わない小道を指差し、三人がそちらへと足を向けたときだった。不意に、足元が暗くなった。

「あっ、見て」

ウェンディが空を指差す。アルマークも顔を上げた。

太陽の光が弱まっていた。眩《まぶ》しくてしっかりと直視することはできないが、それでも太陽の一部が欠けているのがアルマークにも分かった。

「日食が始まったんだね」

「ええ」

気付けば、庭園が静かになっていた。歓声を上げて遊んでいた下級生たちも皆、遊ぶ手を止めて空を見上げている。

「尽きぬグルギアス」

ウェンディが、中なる八の一柱で太陽を司《つかさど》る神の名を呟く。

「尽きない力の根源なのに、あんな風に欠けてしまうなんて不思議」

「太陽の力よりも月の力が強くなったときに起きるんだよね、日食って」

アルマークは、この学院に来てから初めて学んだことを口にした。

北においては日食とは、天空にあって世界を遍《あまね》く照らす英雄神ハーディカが魔龍《まりゅう》エブレハインを討ち果たした際に受けた古傷が、呪いによって再び開く日にほかならないからだ。

だがそう話したところで、中原や南の人々には理解されないだろう。

「うん。昼は太陽の時間で、夜は月の時間。その接点は明け方と夕方だけなのに、日食のときはそれが少し混乱するの」

ウェンディは言った。

「月は、闇と密接な関係にあるでしょう」

彼女の口から、闇、という単語が発されると、アルマークはなぜかどきりとする。

「だから日食はあまりいいことだとは言われていないの」

そう言った後でウェンディはアルマークを見てにこりと微笑んだ。

「私の周りでは別に、日食の日に悪いことなんて起きたことないんだけどね」

「うん。僕の周りでもない」

アルマークは頷く。

父レイズは、日食も月食もまるで気にしない人だったが、黒狼騎兵団の団長〝黒狼〟ジェルスは、戦のない日にはよく空を見上げ、月や星の動きを気にしていた。普段は飄々《ひょうひょう》として細かいことはまるで気にしない性格のジェルスがじっと夜空を見つめている姿は、妙に印象に残っていた。

「思ったほど暗くはならないんだね」

珍しそうに空を見上げていたモーゲンが言った。

「僕てっきり、昼間なのに真夜中みたいに暗くなるのかと思ってたよ」

「皆既日食ならそうなるのかもしれないけど」

ウェンディが言う。

「太陽の一部が欠けただけだから、そこまではね」

確かに暗くはない。かといって、いつものような明るさでもない。雲一つないのに、薄曇りの日のような、奇妙な空だった。

「これなら練習場所探しに支障はないね」

アルマークが言うと、ウェンディも頷く。

「うん。ちょっと心配だったけど、灯の術も要らないみたい」

「でもいつまで続くんだい、これ」

モーゲンは、晴れているのに周囲が何となく薄暗いことが面白いようで、きょろきょろと辺りを見回している。

「まさか、夜になるまでこのままってことはないよね」

「そんなに長くは続かないはずだよ」

ウェンディが言い、三人はまたしばらく空を見上げた。晴れた真昼の空に浮かぶ、欠けた太陽。

眺めているものが同じでも、それを見て思い出すことまでが同じとは限らない。アルマークは、北でのことを思い出していた。

日食といえば、そういえばこんなことがあった。

団長のジェルスが、明日は太陽が欠けるから俺は前線に出ねえ、と言い出したのだ。レイズが少し呆れた顔で、好きにしろ、と言うのを目にしたアルマークは、後で父に尋ねた。

「父さん、どうして団長は明日太陽が欠けるって分かるの」

レイズは肩をすくめて答えた。

「ジェルスには、俺たちには見えねえものが見えるんだ」

「空の動きが分かるんだね。それって、すごいことだよね」

アルマークが言うと、レイズはその頭をくしゃくしゃと撫でた。

「ああ、すげえ。だけどな、見えない方がいいことだってあるんだ」

「え？」

見落とすな、目を逸《そ》らすな、は父の口癖だった。そのレイズが、見えない方がいいことがある、などと言ったことにアルマークは驚いた。

「そんなことがあるの？」

「あるんだよ、見えちまったせいでかえって間違える、見えちまったせいで余計なことまで考える、そんなことがこの世の中にはな。だったら最初から見えねえ方がいい」

父の言葉の意味が分からず、アルマークは黙ってその顔を見上げた。

「見ろ。俺の腕をどう伸ばしたって、剣は星までは届かねえだろ？」

レイズはそう言って、自分の腕を空に向けて伸ばしてみせた。

「だったら、それは俺には関係のねえ話ってことだ。だから、考えねえ。俺は自分の剣が届く敵を斬る。そこが俺という人間の生きる場所だからな」

そうやって斬って斬って斬り続けて、とレイズは続けた。

「それで必要がありゃ星の方から下りてくるさ」

星の方から下りてくる。アルマークにはいまだに父のその言葉の意味は分からない。

ぐう、というモーゲンのお腹の音で、アルマークは我に返った。

「違うんだ」

モーゲンが慌てて手を振る。

「別にあの太陽が食べかけのクッキーに見えたわけじゃないんだ」

アルマークとウェンディは顔を見合わせて笑った。

「それじゃあモーゲンがお腹の空きすぎで動けなくなっちゃう前に、行きましょう」

ウェンディがそう言って歩き出す。モーゲンはまだ言い訳したそうな顔をしたが、お腹が鳴ってしまった以上は何を言っても無駄だと思ったのだろう、素直にアルマークの隣に並んだ。

「石碑の場所はこっちだよ」

ウェンディを先頭に三人はしばらく歩き、庭園の一角に踏み込んだ。

「……あんまり手入れが行き届いてないね」

辺りを見回したモーゲンが素直な感想を口にする。

「そうだね」

アルマークも頷いた。確かにその一角は、少し荒れていた。日頃から庭師たちがしっかりと手入れしているこの学院の庭園にしては、珍しいことだった。何だかくすんで見えるのは、日が翳っているせいばかりではないだろう。植え込みはあちこちに枝葉を伸ばしているし、芝生も長い。

「ここ、前に来たときもそうだったのよ」

ウェンディは心なしか声を潜める。

「庭師さんたちの作業範囲から外れちゃってるのかもしれない」

「これだけ広い庭園だからね」

アルマークには、あまりにきっちりと管理されている場所よりもよほど親しみやすかった。

「きっとそんな場所が、探せば他にもあるよ」

「そうかもしれないね」

ウェンディは、すっかり朽ちて座ることのできなそうなベンチに目を留める。

「このベンチの先のはず、なんだけど」

そう言いかけて、ウェンディは戸惑ったように足を止めた。小道を塞ぐように、伸びた植え込みが枝を広げていた。

「前に来たときは、こんなじゃなかった」

「僕が先に行こう」

アルマークはそう言ってウェンディの前に出ると、両手で枝を押しのけた。めきめき、と枝がきしんで折れる音がしたが、仕方ない。そのまま押し通り、小道の先へ出た。ぽかりと広がった空間に、確かにウェンディの言った通り、古びた小さな石碑が立っていた。

「あったよ。石碑だ」

後ろから続いてくるウェンディにそう声をかけて、アルマークは石碑の前に立った。長い年月、風雨にさらされたせいで風化が始まっているのだろう。石碑の表面は白い粉のようなものが覆ってしまっていて、そこに刻まれていたであろう碑文はほとんど判別できなかった。

「これじゃ何の石碑か分からないね」

アルマークは、ローブに付いた葉っぱを払っているウェンディを振り返る。

「こんな古いものだから、きっと何かの意味はあるんだろうけど」

「うん。でも碑文がちゃんと見えたとしても、何の石碑かは分からないと思う」

ウェンディはそう言ってアルマークの隣に立つと、細い指で碑文をなぞる。

「書かれてるのは、古代語だもの。今の私たちじゃ読めないわ」

「古代語」

アルマークは改めてそのかすれかけの碑文を見た。

「これは古代語なのかい」

「ええ」

ウェンディは石碑から指を離し、指先に付いた粉を手で払う。

「中等部になると古代語の授業があるの。そうすればきっと読めるようになると思うけど。今は私も、これが古代語だということしか分からないわ」

「こんなところがあったのかあ」

太い身体のせいで枝をよけるのに苦労していたモーゲンが、蜘蛛《くも》の巣を頭につけたまま、ようやく石碑の前までやって来た。

「あそこを通るのにちょっと苦労するけど、ちょうどよさそうじゃないか」

そう言って、笑顔で両腕を広げる。

「これだけあれば、武術の訓練には十分だね」

「うん、君の言う通りだ」

アルマークは頷いた。確かに広さは十分だった。足元の芝生の長さが多少気になるが、それで足を取られるというほどでもないし、あの伸び放題の植え込みが小道を塞いでいるせいで、誰かに見られる心配もない。

「ありがとう、ウェンディ。いいところを見つけたよ」

「どういたしまして」

ウェンディが嬉しそうに微笑んだときだった。

ぎしり。不意に、世界がきしんだ。

少なくともその瞬間にアルマークを襲ったのは、世界がきしんだとしか言えない感覚だった。五感を襲う奇妙な感覚。まるで今まで流れていた時間の連続性が、突然損なわれたかのような。風の流れが、草の匂いが、地面の硬さが、世界を包む事象が全て、急にぎこちなくなったような。

けれどそれはごく一瞬のことだった。アルマークがとっさに身体を低くして周囲を見回したときには、もうその感覚は消えていた。

「どうしたの、アルマーク」

突然何かから身を護《まも》るように身構えたアルマークを、ウェンディが驚いたように見つめていた。

「何かあったの？」

いや、と答えようとしたとき、モーゲンが大きな声を上げた。

「ふ、二人とも。見てよ、あれ」

「どうしたの、モーゲン」

ウェンディがそう言ったときには、もうアルマークは駆け出していた。

「アルマーク！」

「君たちは少し離れていてくれ」

振り向きもせずにウェンディの声にそう応え、アルマークはそこに立った。

それは、巨大な穴だった。石碑からやや離れた地面に、大きく深い穴がぽっかりと開いていた。

アルマークはその縁に立つ。こんな大きな穴があれば、ここに最初に入ってきたときに気付かなかったわけがない。だが、アルマークもウェンディも、モーゲンが声を上げるまでその存在に気付かなかった。ならば。アルマークは不吉な予感に顔を曇らせた。ならば、この穴はさっきまでなかったものではないか。

アルマークを襲った奇妙な感覚。この穴は、それと同時に現れたのではないか。その思いは確信に近い揺るぎなさでアルマークの心を掴み、離さなかった。

アルマークは慎重に穴を覗き込んだ。ぞくりとする嫌な感覚。深い穴の底には黒々とした地面が見えるかと思ったが、アルマークの予想は外れた。穴の底に見えたのは、整然と並べられた石畳。弱々しい太陽の光に照らされたそれは、明らかに人工の通路の一部だった。

それだけではない。石畳の上に、誰かが倒れているのが見えた。身にまとう濃紺のローブは、学院の生徒の証《あかし》だった。

見覚えのある女子生徒だった。髪の毛が、まるでそこが血だまりででもあるかのように石畳の上に広がっていた。あれは。

「ウェンディ、あれは」

アルマークが振り向こうとしたときには、ウェンディはもう彼の隣にいた。

「大変」

ウェンディが息を呑む。

「キュリメだわ」

アルマーク

3

闇の遺跡編

第三章

穴の底

太陽が欠けていく。この世界の光の象徴のような太陽を、闇が喰《く》らう。

日食。

地下に蠢《うごめ》く闇の眷族《けんぞく》どもの喜び勇むさまが目に浮かぶようだ。普段は昼間、地上に這《は》い出《で》ることのできない有象無象《うぞうむぞう》どもも、このときばかりは別だ。我先にと地上を目指す。そして、そんな図に乗った連中を、僕が喰らう。

今日はまさに絶好の闇喰い日和《びより》だ。

風に艶やかな金髪をなびかせながら、少年は石碑の前に佇《たたず》んでいた。

「もう少しか」

そう呟《つぶや》き、ちらりと上空を窺《うかが》う。太陽の位置と、光の強さを確認するかのように。

「遅れずに来い」

不遜な言動だった。まるで、太陽に命令でもするかのような。

「僕を待たせるな」

その言葉が終わるか終わらないかのうちに、日が翳《かげ》り始めた。

日食。

金髪の少年――ウォリスは整った顔をわずかに歪《ゆが》めて笑った。美しい容貌だけに、そうするとかえって、その顔はひどく粗野に見えた。

「よし」

長くしなやかな指が、石碑の表面に触れた。

「嗅ぎ分けろ」

石碑の表面に微《かす》かに残る、刻まれた古代語の痕跡をウォリスの指はなぞった。

「お前が遥《はる》かな歳月待ち続けたものが、僕の中にも流れているのが分かるだろう」

わずかな間を置いて、世界が揺らぐような感覚があった。忽然《こつぜん》と、地面に大きな穴が口を開いた。さっきまで何の変哲もない地面だった場所に突如穿《うが》たれた穴に、ウォリスは驚く素振りも見せずに歩み寄ると、ローブをはためかせて身を躍らせた。

ふわり、とまるで羽毛のように、人の重さを感じさせることなく、ウォリスは穴の底に着地する。

そこは、正確な形で切り出された長方形の石畳が整然と敷きつめられた通路の途中だった。奥の突き当たりには、通路を塞ぐように巨大な扉があるのが見える。扉に描かれた紋章を見てウォリスは微かに眉をひそめた。

日食で弱められた光がわずかに差し込む中を、ウォリスは扉に向かって歩く。奇妙な静寂の中、こつ、こつ、という彼の足音だけが通路に響いた。彼の行く手を塞ぐ巨大な扉の、その紋章にウォリスは手をかざした。

「開けろ」

扉は微かにきしむような金属音を立て、そして開く代わりに黒い霧のようなものを噴き出した。

「むっ」

ウォリスはとっさにローブの袖で口元を覆った。素早く飛《と》び退《の》き、扉から離れる。

「これは」

霧がぐるりと一つにまとまり、獣のような形をとった。

「古《いにしえ》の罠《わな》か」

ウォリスは口角を吊《つ》り上《あ》げるようにして笑った。

「僕を測ろうというのか、その程度の闇で」

そう言いながら、ローブの袖から右腕をするりと引き抜く。

「ちょうどいい。それならば喰らってやろう」

ウォリスは言った。

「光栄に思え」

どさり、という鈍い音に、ウォリスは振り返った。

この僕としたことが。ウォリスは自分の迂闊《うかつ》さに舌打ちする。久しぶりの獲物に夢中になっていて、周囲の警戒を怠っていた。

ウォリスの目に飛び込んできたのは、石畳の上に倒れる一人の女子生徒の姿。それは彼のクラスの生徒だった。

「……キュリメか」

無感動に、ウォリスはその名を口にした。先ほど扉から噴き上がった闇に呑《の》まれ、上から落ちたのだろう。この高さでは、助かるまい。

彼の予想通り、石畳に横たわったまま動かない彼女は、もう生命の炎が消えかけているように見えた。

「まさか、庭園のこんなところまで入ってくる人間がいるとは」

今日は日食だ。好奇心からいつもと違う行動をする人間がいても不思議ではなかった。

ウォリスは素早く腕を振り、空中に複雑な文様を描いた。地響きのような音とともに、空から降り注いでいた光が消え、周囲は闇に包まれる。通路の天井がふさがり、地上からの穴が閉じたのだ。

「最初からこうしておけばよかった」

闇の中でウォリスは呟いた。

「今の〝食事〟を見られたかどうかは分からないが」

ローブの袖に右腕を通すと、左手の上に炎を灯《とも》す。

「不幸中の幸いといったところか。クラスメイトをこの手で始末せずに済んだ」

闇の中に照らし出されたウォリスは冷たい表情でキュリメを一瞥《いちべつ》した後、再び扉に向き合った。

先ほどの獣の形をとった霧のようなものは、すでにウォリスに〝喰われた〟後で、もはや影も形もなかった。

「さあ、もう僕の力は分かっただろう。開けろ」

ウォリスは扉に話しかけるかのようにそう言うと、手をかざそうとした。だが、その顔に不意に苦しそうな表情が浮かんだ。一瞬の躊躇《ちゅうちょ》の後、ウォリスは手を下ろして身を翻した。

大股でキュリメに歩み寄ると、その傍らに屈《かが》み込《こ》む。彼女の身体《からだ》にかざされたウォリスの左手が、柔らかな光を帯びた。

「……何をやっているんだ、僕は」

自分のしていることが信じられないかのように、一人ごちる。

「他人が死のうが生きようが関係ない。僕は僕の目的を果たすだけだ。そう誓ったはずだろう、あの地獄のようなモズヴィルの森で」

自分を責めるように吐き捨てるが、キュリメを照らす光は途切れることがなかった。

「こんな甘いことで、奪われたものを取り戻せるのか」

ぎり、と音が出るほどに歯を食いしばる。

「これで最後だ」

自分に言い聞かせるように。

「これで最後にする、こんなくだらない真似《まね》は」

キュリメの頬《ほお》に赤みが差し、その身体がびくんと跳ねた。治癒術は、その効果を表した。

「後は、闇を吸い出すだけだ」

そのときだった。再び世界がきしむ感覚。

「なに」

さすがのウォリスも目を見張った。それと同時に、日食の太陽の光がウォリスとキュリメの上に降り注ぐ。眩《まぶ》しさに目を細めながら、ウォリスは頭上を見上げた。再び、地上への穴が開いていた。

「どうしたの、アルマーク。何かあったの」

遥か頭上、地上から聞こえてきたのは、聞き覚えのある声だった。ウェンディ。ウォリスは眉をひそめる。アルマークもいるのか。よりによってあの二人か。どうやら、モーゲンもいるようだ。

だが、なぜまたこの入り口が作動したんだ。

そこまで考えて、ウォリスは小さく舌打ちした。そうか。ウェンディか。

ウォリスは素早く静かに立ち上がる。やはり、こんなことをしている暇などなかった。今日のことは、自分への戒めとしよう。甘さは命取りになる。僕はさらに強く、堅く、折れない刃《やいば》とならねばならない。

濃紺のローブがばさりと翻る。次の瞬間には、ウォリスの姿は消え、そこには意識のないキュリメだけが残されていた。

＊＊＊

「大変」

古い石碑の脇に突如開いた大きな穴。それを覗《のぞ》き込《こ》んだウェンディが息を呑んだ。

「あそこで倒れているの、キュリメだわ」

穴の底には、明らかに人工の物と分かる石畳が広がっている。そこに、濃紺のローブをまとった女子生徒が一人倒れていた。

「えっ、キュリメだって？」

モーゲンも丸い身体を弾ませて駆け寄ってくると、同じように穴の縁から下を覗き込む。

「本当だ。キュリメだ」

事の重大さに気付いたモーゲンは、青ざめた顔をウェンディに向けた。

「きっとここから穴に落ちたんだよ。どうしよう」

「キュリメ！」

ウェンディは動く様子のないキュリメに向かって大きな声で呼びかけた。

「キュリメ、大丈夫!?　返事をして!」

だがキュリメの反応はない。

「とにかく助けに行こう」

アルマークは穴の縁に手を掛けた。穴の深さは相当なものだ。キュリメの身体がずいぶんと小さく見える。

夏の休暇の終わり頃、毎日マイアの言いつけで寮の仕事をしていたアルマークには分かった。たとえ寮で一番長い梯子《はしご》をカッシスから借りてきたとしても、底まではとても届かないだろう。

アルマークは、穴の壁面に素早く目を走らせた。地表に近い壁面は土だが、途中からは石に変わっている。土の部分は少し脆《もろ》そうだが、手を掛ける凹凸もある。アルマークの身体能力なら下りられないことはなさそうだ。

だがその理知的な判断とは別に、アルマークは自分のもっと深い本能の部分からもたらされる警鐘に気付いていた。

この穴は、危険だ。アルマークが長い旅で磨いた本能が、はっきりとそう告げていた。深く、暗いだけではない。この穴からは、ひどく嫌な予感がする。魔笛の鳴り響く北の森にすら匹敵するような何かがある気がする。

それでもアルマークは、目の前のクラスメイトを救うことを優先した。

「僕が下りる。二人はここに残って僕の」

手助けをしてほしい、と言おうとしたときには、ウェンディが魔術を行使していた。近くの木に巻き付いていた蔓《つる》が、まるで意志あるもののようにするすると三人の足元に伸びてくる。

「うわ、蛇？」

ウェンディの挙動に気付かなかったモーゲンが悲鳴を上げて飛び退いた。

「違うよ、モーゲン。蔓だ」

アルマークは言う。ツタくくりの術。これこそ、かつて戦場でアルマークや仲間たちの足の自由を奪った魔法だった。

「この辺りが手入れされていないのが、かえって良かったわ」

ウェンディが言った。

「タカマキクロツメソウなんて、こんなに伸びてたら真っ先に庭師さんに刈り取られちゃうもの」

「確かにね」

蔓はそのまま、アルマークの足元でぐるぐるととぐろを巻く。穴の底まで届きそうなくらいの長さがあった。ナイフで何度も切れ込みを入れなければ切ることができない厄介な頑丈さで知られるタカマキクロツメソウの蔓なら、子供の体重を支えることくらいは訳がないだろう。

「さすがウェンディだ」

自分の身体と長剣一本だけを頼りに生き抜いてきたアルマークは、ことが起きたときにはすぐに自分の力で何とかしようと考えてしまう。けれど魔法に親しみ、自らも魔法を使うことのできるウェンディは、その特別な力を土台に解決方法を考えることができるのだ。それこそが、魔術師の思考方法なのかもしれない。そんなことを頭の隅で考えながら、アルマークは蔓を手で握った。

「それじゃ、僕が先に下りるよ」

「ええ、切れることはないと思うけど、気を付けてね」

ウェンディはそう言うと、モーゲンを振り返る。

「モーゲン、この蔓を向こうの木にしっかりと縛り付けてくれるかしら」

「よしきた」

紐《ひも》や縄を縛るのは、木こりの息子のモーゲンの得意技だ。何をすればいいのか分からずおろおろしていたモーゲンは、自分にぴったりの役目を与えられて、張り切って蔓を握ると木に向かって駆けていく。

その間にアルマークは蔓のもう一端を穴に投げ入れ、長さを見極めていた。

「まだ少し足りないかしら」

穴を覗き込んだウェンディが表情を曇らせる。確かに彼女の言葉通り、蔓は中途半端な高さでぶらぶらと揺れていた。しかしアルマークは首を振る。

「いや、これくらいあれば十分だ」

「でも」

「縛れたよ！」

モーゲンの声。さすが、手際がいい。アルマークはするすると蔓を手繰り寄せると、ちょうどいい位置を摑《つか》んだまま、穴に身を躍らせた。

「あっ」

隣にいたウェンディが思わず声を上げるほどの躊躇のない跳躍。飛び降りたアルマークは蔓を手の中で滑らせながら、穴の壁面を二度蹴った。そして次の瞬間にはもう蔓からその手を離していた。

石畳にアルマークの着地する乾いた音が響く。

「アルマーク、大丈夫？」

遥か頭上の穴の縁で、ウェンディが顔を出して手を振っている。

「すごい降り方をしたけど。怪我《けが》はない？」

「ああ、何ともないよ」

手を振り返してそう答えると、アルマークは倒れたままのキュリメに駆け寄った。

「キュリメ！」

返事はない。アルマークはキュリメの傍らにしゃがみ込む。

「キュリメ、しっかりするんだ」

血の匂い。石畳に投げ出された彼女の頭部をそっと持ち上げ、アルマークは手で骨の感触を確かめた。折れてはいない。だが、アルマークの手は赤く染まった。キュリメの髪に血が付いているのだ。

傷の位置を確認しようとしたが、頭に外傷はなかった。力なく投げ出された腕や足をロープの上から検《あらた》めるが、どこにも外傷は見当たらない。血が付いているだけで、今は出血はないようだ。

怪我をしたわけじゃないのか。アルマークはキュリメの状態から、別の可能性を考える。穴の底に、何か毒の霧のようなものが溜《た》まっていたのか。だが、それにしては周囲には何の臭いもしない。それに、キュリメの呼吸はひどく穏やかだった。まるで寮のベッドで静かに眠っているかのような。

穴の底には、少し埃《ほこり》っぽい乾いた空気が流れていた。

「アルマーク、キュリメはどう!?」

上からウェンディの心配そうな声が聞こえる。アルマークは彼女の方を仰ぎ見て大声で答えた。

「怪我はなさそうだよ。呼吸もちゃんとしている」

「よかった」

ウェンディの厳しい表情がわずかに緩む。

「でも、目を覚まさないんだ」

アルマークは言った。

「まるで眠っているみたいだ」

それを聞いたウェンディはまた眉をひそめる。

「やっぱり私も下りるわ」

ウェンディはアルマークに叫び返した。

「きちんと怪我も確かめたいし、治癒術が必要かもしれないから」

「分かった」

確かにその方がいいだろう。同じ女子であるウェンディにしっかりと身体を確認してもらいたいし、治癒術をかけてもらう必要があるかもしれない。それに、もしキュリメに魔法的な何かが施されているとしたら、アルマークにはまだその判別は付かない。

アルマークは自分が下りてきたタカマキクロツメソウの蔓の下に駆け寄る。

「底までは長さが足りないんだ」

アルマークはウェンディに手を振った。

「魔法でもう少し伸ばせるかい」

「さっきやってみたんだけど」

ウェンディは答える。

「これで限界なの。日食のせいで、魔力が安定しないみたい」

「それなら仕方ないよ」

アルマークは蔓の下で両腕を広げた。

「僕が君を受け止めるよ。蔓の終わったところから飛び降りて」

「えっ」

ウェンディは目を瞬かせ、誰もいない自分の左右を見まわした後で、顔をまっ赤にして真剣な表情で頷《うなず》いた。

「分かった。お願いね、アルマーク」

「ああ。任せて」

アルマークの見守る中、ウェンディは蔓を握り、穴から身を乗り出した。両足を蔓に絡めて、少しずつ下りてくる。

「気を付けて」

「うん」

ウェンディはやがて蔓の先端まで下りてきたものの、まだ底に着くまでには優にアルマークの背丈の三倍くらいの高さがあった。

「アルマーク」

ウェンディは眼下のアルマークを振り返った。

「いくよ。しっかり受け止めてね」

「うん、大丈夫」

アルマークは両腕を広げたままで頷く。

「絶対に受け止めるから。おいで」

「うん」

ウェンディは一度息を吸うと、覚悟を決めたように壁面を蹴って両手を離した。

「えいっ」

両腕を広げて飛び込んでくるウェンディの身体を、アルマークはしっかりと抱きとめる。戦場で鍛えたアルマークの身体は、少女の身体を受け止めるくらいではびくともしなかった。

抱きとめられた瞬間に小さく悲鳴を上げたウェンディは、アルマークに身体を預けてほっと息をついた。

「ありがとう、アルマーク」

「どういたしまして」

アルマークが顔を上げると、息を弾ませたウェンディの上気した顔がすぐ目の前にあった。

「怖かった」

少し潤んだ大きな瞳の、長い睫毛《まつげ》一本一本までがはっきりと見える距離。

「え、あっ」

予想外に柔らかな身体の感触と相まって、うろたえたアルマークはとっさに顔を背けようとして、彼らしくもなく足をもつれさせてしまった。ウェンディを抱えたままで後ろに倒れ込む。

「きゃあ」

アルマークを下敷きにする形になったウェンディがまた悲鳴を上げた。

「ごめんなさい、アルマーク。大丈夫？」

「ごめん、ちょっと足が滑った」

慌てて自分の上から下りたウェンディに、アルマークは下手な言い訳をする。

「大丈夫だ、なんともないよ」

「重かったでしょう」

「いや、全然」

恥ずかしそうに顔を赤らめたウェンディが差し出してくれた手を取って、アルマークは身体を起こした。それから並んでキュリメに駆け寄る。

「キュリメ」

そう呼びかけながら、ウェンディが彼女の隣に屈み込んだ。

「キュリメ。しっかり」

肩を叩《たた》いて呼びかけるが、やはり反応はない。ウェンディはキュリメの身体を一瞥すると、それから右手をかざす。

「アルマークの言う通りね。呼吸も落ち着いているし、傷も見当たらない」

魔力を感じ取るように手をキュリメの身体に沿わせながら、ウェンディは言った。

「魔力にも乱れは感じ取れない。でも髪に血が付いているってことは、どこかを怪我しているのよね」

「そうだと思うんだけど」

アルマークは答える。

「僕には見つけられなかった」

「身体を確かめるわ」

そう言いながら、ウェンディはキュリメのローブの首元に手を差し込んだ。

「ローブを脱がせるから、アルマークはちょっと向こうを向いていてくれる？」

「分かった」

頷いて、アルマークはウェンディとキュリメに背を向けた。背後の衣擦《きぬず》れの音を聞きながら、石畳の床の延びる先を見るともなく見る。

それにしてもこの場所はいったい何なのだろう。アルマークは思った。まっすぐに続く石畳の通路は、その先で大きな扉に突き当たっていた。重厚な金属の扉に描かれた紋章が、日食の弱い光でわずかに浮かび上がっている。アルマークはその紋章をどこかで見た覚えがあった。あれは、確か。

「魔力はずっと安定しているわね」

アルマークの背後でウェンディが言う。

「まるでただ眠っているだけみたい」

「そうなんだよ、どこも悪いように見えないんだ」

そう言ってアルマークが振り向こうとすると、慌てた声のウェンディに制止された。

「まだだめだよ、アルマーク」

「ごめん」

アルマークは急いで扉の方に向き直る。

「何も見てないよ」

「分かってる」

それからわずかな沈黙の後。

「やっぱりどこも怪我をしていないわ」

ウェンディが言った。

「血は付いているのに」

「うん。でも、傷がなければ血は流れない」

扉の方を向いたまま、アルマークは答える。

「キュリメの血じゃないってことも考えづらいし」

「そうね。まるで誰かに治癒術をかけられた後みたいだわ」

その言葉に、アルマークは思わず声を上げそうになった。そうか、もう誰かに治癒術を。その可能性は考えていなかった。

「治癒術か。誰に？」

「分からないけど」

ウェンディの戸惑ったような声。ローブを整える音がする。

「もういいわよ、アルマーク」

ようやくウェンディの許しが出た。アルマークが振り返ると、横たわるキュリメはもうきちんとローブをまとっていた。その胸は規則正しく上下しているが、やはり目を閉じたままだ。

「怪我もしていない、魔力に異常もない」

アルマークはそう言いながら、ウェンディの隣にしゃがみ込む。

「それでも目を覚まさないなら、僕たちには分からない原因があるとしか思えないな」

「ええ。とりあえず今すぐに命の危険はなさそうだけど」

ウェンディは心配そうに眉を寄せ、キュリメの頬に触れた。

「私たちで考えていても仕方ないと思う。先生を呼んできましょう」

「そうだね。モーゲンがまだ上に残ってくれているから」

暗いところと狭いところが苦手で、寮の地下室にも下りてこられなかったモーゲンだ。きっと今頃地上で気を揉《も》んでいることだろう。

「おうい、モーゲ……」

地上を振り仰いで、そう声を上げかけたアルマークの目に飛び込んできたのは、丸い身体を危なつかしく揺らしながら蔓を下りてくるモーゲンの姿だった。

「えっ、モーゲン」

アルマークは驚いて立ち上がった。顔を上げたウェンディも目を丸くする。

「モーゲン。危ないわよ」

「君まで下りてきたのか」

アルマークはぶらぶらと揺れている蔓の下に駆け寄った。

「上で待っててくれてよかったのに」

「キュリメが大変なときに、僕だけ上に残っていられるもんか」

必死に蔓を下りながら、モーゲンは答えた。一人で何もせずにやきもきしながら、他の人がうまくやってくれるのをただ待っているだけ。モーゲンはもう、そんな惨めな自分にうんざりしていた。

暗いところも狭いところも大嫌いだ。穴の底は、寮の地下室よりも遥かに深く不気味な場所に見えた。けれど、アルマークに続いてウェンディが果敢に下りていき、一人で地上に残ったモーゲンの脳裏をよぎったのは、魔物にさらわれた一年生のエルドを助けるためにアルマークとトルクが森へと入っていったときのことだった。

あのときもモーゲンは森に入るのが怖くて、入り口の近くでただアルマークたちの帰りを待っていた。自分の無力さが惨めだった。同じ歳《とし》、同じ魔術師なのに。あんな気持ちになるのは、もうたくさんだ。暗いのよりも狭いのよりも、何もできないことの方がずっと怖い。

掴んだ蔓がゆらゆらと揺れて、そのたびにモーゲンは壁面に足を踏ん張った。

落ちるもんか。もうあのときの僕じゃない。二人の足なんか引っ張らないぞ。

「気を付けて、モーゲン」

心配そうに見上げていたウェンディが、黙って見ていられなくなったように声を上げた。

「ゆっくりでいいよ。落ちないようにね」

「うん、分かってるよ」

必死な顔でそう答えたそばから、モーゲンは石の壁面で足を滑らせる。

「うわわっ」

慌てて踏ん張ろうとしたが、両足は虚《むな》しく空を蹴った。落下の恐怖に背筋が凍る。必死に蔓を握りしめたものの、そのまま宙づりになってしまう。

「モーゲン！」

ウェンディの悲鳴。

「うぐぐ」

顔を真っ赤にして蔓を摑んでいたモーゲンだが、それもごくわずかな時間だった。腕の力だけでは体重を支え切れず、蔓からずるりと滑り落ちる。その真下でアルマークは両腕を広げた。

ウェンディよりもずっと重いぞ。そう覚悟して腰を落としたが、モーゲンの身体は落下の途中でふわりと宙に浮いた。

「ありがとう、ウェンディ」

モーゲンが泣きそうな声を上げる。

「助かったよ」

アルマークが振り返ると、ウェンディがモーゲンに向けて右腕を突き出していた。これは、浮遊の術だ。

「さすがウェンディ」

　あんなに離れたところから、モーゲンの重さを支えられるなんて。感心したアルマークが両腕を下ろそうとすると、ウェンディは顔をしかめて首を振った。

「アルマーク、ごめんなさい。魔力が安定しないの」

「えっ」

「ウェンディ？」

　不意に自分を包んでいた浮力が消え、モーゲンが息を呑む。次の瞬間、つっかえ棒が外されたように、モーゲンの身体は落下した。

「ぎゃあ」

「うぐっ」

　アルマークがモーゲンを抱きとめる。ずしん、とウェンディのときとは比べものにならない衝撃があったが、アルマークはそれでも堪《こら》えた。

「大丈夫かい、アルマーク」

「ああ、このくらい」

　アルマークはモーゲンの丸い身体を地面に下ろす。

「ありがとう」

地面に足を着けたモーゲンは、ようやくほっとした表情を見せた。

「どうにか死なずに済んだよ」

「こんなに深くて暗いところまでよく下りてきたね、モーゲン。君はこういう場所が苦手だっただろ」

「うん、もちろん怖いんだけどね」

モーゲンは薄気味悪そうに周囲を見回す。

「でもきっとキュリメはもっと怖かったはずだし。それに僕だってもう、何もできないままの僕じゃないからね」

その言葉にアルマークは、モーゲンが下りてくることができた理由を理解した。モーゲンを動かしたのは、キュリメの危機だ。

「君が勇気を出すのは、いつだって誰かのためだな」

アルマークは心からの敬意を込めてそう言ったが、モーゲンは首を傾《かし》げた。

「そうかな。そんなことないと思うけど」

「自分で気付いていないだけさ」

そう言うと、アルマークはウェンディを振り返る。

「ウェンディ。とりあえず僕が登って先生を呼んでくるよ」

モーゲンまで下りてきてしまった以上、一番運動能力の高いアルマークが登るのが最も現実的な案だった。

「うん、分かった」

「あ、そうか」

ようやくモーゲンが、しまった、という顔をした。

「そうだよね、先生を呼びに行くのか。やっぱり僕は上に残ってた方が良かったのか」

「構わないさ」

アルマークはモーゲンに微笑《ほほえ》む。

「キュリメと僕らを心配して来てくれたんだろ」

「そうだよ、モーゲン。ありがとう」

ウェンディは自分の巻いていた制服のストールをキュリメの頭の下に敷くと、アルマークに駆け寄った。

「じゃあアルマーク、浮遊の術であなたをあそこまで浮かせるね」

ウェンディは頭上でまだゆらゆらと揺れている蔓を指差す。

「魔力が安定しないから、近くでかけさせてね」

「ありがとう」

ウェンディが魔法をかけやすいよう、アルマークは壁際に立った。

「気を付けてよ、アルマーク。この石の壁、滑るからね」

モーゲンが壁をぺたぺたと叩く。

「まあ、君なら大丈夫だとは思うけど」

「分かった。気を付けるよ」

モーゲンの真剣な顔が何だか微笑ましくて、アルマークは思わず頬を緩めた。

「あれ、壁にも古代語が書かれてる。やっぱり古代の遺跡なのかな」

ウェンディがモーゲンに倣って手で壁を触りながら、そんなことを言う。確かに周囲の壁のところどころに、無数の古代語が刻まれていた。キュリメのことがあったので、この場所について考えるのは後回しになっていたが、ウェンディの言う通り、ここは古代の遺跡というのが妥当なのかもしれない。

「まさか学院の地下にこんな場所があるなんてね」

アルマークは言った。

「ここが何なのか、きっと先生が教えてくれるよ」

「そうだね」

ウェンディは頷いて、アルマークに向き直る。

「じゃあ、浮遊の術をかけるね」

「ああ」

頷こうとしたアルマークは、異変に気付いた。それは過酷な旅で磨かれた直感の賜物《たまもの》だった。次の瞬間、飛びつくようにしてウェンディの身体を抱きかかえると、脇の壁を蹴って石畳の上に身を投げ出す。

「きゃあっ」

「モーゲン、君も壁から離れろ！」

「えええっ」

モーゲンは転がるようにして壁から距離を取る。

黒い霧。

ウェンディの触れた壁から、どす黒い霧のようなものが噴き出していた。

「なに、あれ」

アルマークの腕の中でウェンディが目を見張る。

「霧？　でも、まるで」

そう。あれは、まるで。アルマークの目の前で、黒い霧が膨れ上がった。あれはまるで闇じゃないか。

「これかもしれないぞ」

アルマークは叫んだ。

「キュリメが目を覚まさない原因は」

闇の戦士

「まだ罠があったのか」

穴の上。姿を現して下を覗き込んだウォリスは意外そうな呟きを漏らした。

「だが、なぜ反応したんだ」

眼下で膨れ上がった霧が、徐々に人の形をとり始めるのを見て、ウォリスは口元を歪める。

「しかもあれはたちが悪いな。闇の戦士か」

それから、アルマークたちに冷たい目を向けた。

「だがまあ、この程度の罠でやられてしまうようであれば、その程度の価値しかない人間ということか」


「うわわわわ」

モーゲンが怯《おび》えた声を上げて後退《あとずさ》る。

「なんだ、こいつ」

三人の眼前で、噴き出した黒い霧は、ねっとりとした粘性を帯びた。そのまま、ぐずぐずと泡立つようにして徐々に姿を変えていく。人の形へと。

巨漢。黒い霧が全て凝固し終えると、冬の屋敷で戦った鮮血傭兵《ようへい》団の元エース〝血斧《ちおの》〟のデランもかくやという体格の黒き戦士がそこに立っていた。全身がことごとく墨で塗りこめられたような、奇怪な容貌だった。煌《きら》びやかな古代の装飾品を着けたその顔には、目も鼻もなかったが、口だけが穴のようにぽっかりと開いていた。

「戦士グルムブルを呼び起こしたのは、汝《なんじ》らか」

黒い戦士は、その口を動かしてそう声を発した。歯はなかった。ただ、古代の甲虫《こうちゅう》を思わせる異様な形の舌だけが見えた。

「汝らの示すのは、血か」

ひび割れた聞き取りづらい声で、グルムブルは言った。

「それとも、力か」

アルマークは、ウェンディを庇《かば》うようにして彼女の前に立つ。

「戦士グルムブルといったね」

アルマークは言った。

「闇の力を使う戦士なのか」

「我が質問に答えよ」

グルムブルはアルマークの質問を一蹴した。

「汝らは示さねばならぬ。血か力か、そのいずれかを」

こいつは、何を言ってるんだ。アルマークはウェンディをちらりと振り返る。だが、ウェンディもこわばった表情で首を振った。

ずしり、と戦士が一歩前に出た。石畳がきしむほどの重さ。単なる霧の塊ではないことは、一目瞭然だった。慌てて駆け寄ってきたモーゲンが、アルマークの背後に隠れるようにしてウェンディの隣に並ぶ。

「な、なんなの、この怪物。どうしていきなりこんなのが出てきたの」

「分からない」

アルマークはグルムブルから目を離すことなく答えた。

「だけど、質問されてる。答えないと……」

答えければまずい気がする。ただ、正解が分からない。漂ってくる腐臭に、モーゲンが顔をしかめた。

「うわ、なんだ。この臭い」

「闇の臭いだ」

アルマークは知っていた。これは、闇の眷族の臭い。邪悪な力を行使するものどもが放つ死臭。やはりこの戦士は、闇の力で動いている。

北の森で闇の眷族と戦った陰惨な記憶が、再びアルマークの脳裏に蘇《よみがえ》る。寮の地下室でデリュガンと戦ったときもそうだった。こっちは丸腰だぞ、どうすればいい。

「戦士グルムブル」

凛《りん》とした声。ウェンディだった。

「あなたが、あの子をあんな風にしたの？」

ウェンディは厳しい表情で、背後に横たわるキュリメを指差す。その表情に一切恐れの色が見えないことに、アルマークは驚嘆する。闇と相対するときには、歴戦の傭兵でさえ背筋を凍らせるものなのに。

「あなたのせいで、あの子は目を覚まさないの？」

だが、ウェンディの質問にもグルムブルは答えなかった。

「示せ」

代わりに闇の戦士はそう言った。

「力か。それとも血か」

その身体に不穏な力が募り始めているのをアルマークは感じていた。これ以上はまずい。

「力を」

アルマークは言った。ただの勘だったが、血と答えるのは危険な気がした。だが、グルムブルの反応は鈍かった。黙ったまま、身じろぎしない。

「え、違ったのかな」

モーゲンが不安そうにアルマークのローブの袖を掴む。

「答えは、血だったのかな」

「分からない」

アルマークは首を振る。そもそも何を求められているのかも分からない。分かっているのは、この戦士が恐ろしく危険な存在であるということだけだ。

唐突に、グルムブルが口を歪めた。

「痴《し》れ者《もの》が。言葉など求めてはおらぬわ」

そう吐き捨てると、両腕を前に突き出す。

「的外れの囀《さえず》りばかり。騙《かた》ったな、盗掘者ども」

グルムブルの両腕が膨れ上がった。と思ったときには、その右手には黒い剣が、左手には黒い盾が握られていた。

「償いは、その命にて」

「わあ」

モーゲンが悲鳴を上げる。

「なんだかまずそうだよ、アルマーク」

「二人とも、僕から離れろ」

アルマークは叫んだ。こんな化け物の相手をウェンディとモーゲンにさせるわけにはいかない。

だがグルムブルが一歩踏み出すのと同時に、その身体を光り輝く網が包み込んだ。

「光の網！」

モーゲンがほっとしたように声を漏らす。魔力の糸で編まれた輝く網で、大きな物から小さな物、果ては魔法すら絡めとってしまう魔法。それが光の網だ。

アルマークが振り返ると、ウェンディが両手を突き出していた。素早く正確な魔法行使。さすがはノルク魔法学院の優等生だ。

なおも前進しようとするグルムブルの力に、網がぎしりときしむ。

「長くは持たないわ」

ウェンディは苦しそうに眉間にしわを寄せていた。

「アルマーク、早くキュリメを」

「分かった」

アルマークは身を翻した。飛ぶようにキュリメのもとまで駆けると、その身体を抱き上げる。

「ウェンディ、モーゲン。君たちも早くこっちへ」

モーゲンが転がるように走ってくる。グルムブルが、まるで蜘蛛《くも》の巣でも払いのけるようにして光の網を引きちぎった。

「ウェンディ、急いで！」

ウェンディもアルマークの方へと駆けてくるが、グルムブルはすでにその背中に狙いを定めていた。

「まず一人」

「モーゲン！」

「え、うわっ」

アルマークにキュリメの身体を押し付けられたモーゲンが目を白黒させている間に、アルマークは石畳を蹴って駆け出していた。グルムブルが、その外見からは想像もできないほどの素早さでウェンディの背後に迫る。振り上げられる漆黒の剣。

させるもんか。

ウェンディの脇を駆け抜けたアルマークが、北の草原の狼《おおかみ》のようにグルムブルに飛びかかった。

「むっ」

振り下ろされた剣が、アルマークの肩をかすめる。砕かれた石畳の破片が舞い上がるのにも構わず、アルマークは相手の顎に当たる部分に掌底《しょうてい》を叩き込んだ。だがグルムブルは微動だにしなかった。

硬い。まるで岩を叩いたような感触だった。拳を固めて殴りつけなくて正解だった。そんなことをしたら、アルマークの拳の骨は粉々になっていただろう。アルマークはその勢いのままグルムブルの盾を蹴って空中で身を翻し、離れた場所に着地する。その間にウェンディはモーゲンと合流していた。

グルムブルは足を止めて、ごきり、と首を捻《ひね》った。

「ふむ」

その口元が、にいっと歪む。

「面白き小僧だ」

盾と剣を、ぐい、と構えてアルマークに正対する。のっぺりとしたその顔には目などないのに、アルマークはまるでこの闇の戦士に見据えられているような気分になる。

「汝が相手を務めるのか」

そのとき、アルマークのすぐ横を閃光《せんこう》が通り過ぎた。グルムブルが素早く盾をかざす。

「アルマークから離れなさい！」

ウェンディが叫ぶ。光はウェンディの放った魔法の矢だった。グルムブルの黒い盾の表面で、光のつぶては水滴のように弾《はじ》けて消えた。

「勇ましき娘もいる。これは目移りするのう」

グルムブルは首を亀のように伸ばして、アルマークの背後に顔を向ける。ウェンディが厳しい表情でグルムブルを睨《にら》みつける後ろで、モーゲンはキュリメを抱きかかえて安全な場所へ移動しようとしていた。

「どこを見ているんだ」

アルマークはグルムブルに言った。

「お前の相手は僕だ」

この戦士の注意は自分に引き付ける。挑発し、攻撃をかわし続けてウェンディとモーゲンから引き離す。アルマークは、瞬時にそう判断していた。

グルムブルは口をわずかに開いた。その隙間から、甲虫のような奇怪な舌が伸びる。舌は、凹凸のない自分の顔の表面をぐるりと嘗《な》め回《まわ》すと、またしゅるしゅると口の中に戻っていく。

「小さき身体いっぱいに勇気が詰まっておるわ」

グルムブルはアルマークに顔を向けた。

「そういう人間の悲鳴ほど、心地よきものはない」

アルマークは片眉を上げる。グルムブルが威嚇するように剣を一振りした。ごうっ、という獣の咆哮《ほうこう》のような音が響くが、アルマークの表情は変わらない。

「恐れぬのか」

届きもしない剣を恐れる必要はない。アルマークは冷静にグルムブルとの間合いを測る。

不意に、グルムブルが穴の上に顔を向けた。

「あっちからも声がするのう」

その隙を見逃すアルマークではなかった。ものも言わずにグルムブルに突っ込む。だが今度は、グルムブルもアルマークにその身体を触れさせはしなかった。アルマークは、にょきりと突き出された盾に進路を塞がれ、振り抜かれた剣にローブの袖を切られた。

「よそ見をしているなら、また殴ってやるぞ」

素早く距離を取りつつ、アルマークは言った。あの盾は厄介だ。

「僕に集中したらどうだ」

「一度殴っただけで、まるで首でも獲《と》ったかのような物言いよな」

グルムブルは楽しそうに言った。

「恐れを知らぬ小僧よ。順番は誤らぬゆえ、安心せい」

不意に、グルムブルの身体が膨れ上がったように見えた。アルマークが身構えた瞬間、その全身から凶悪な闇の力が迸《ほとばし》った。

まずい。アルマークは後方に飛び退いた。闇が壁を、石畳を、空間を覆いつくしていく。飛沫《しぶき》のような闇が舞い、アルマークはとっさにローブの袖で顔を覆う。じゅっという音とともにローブの表面で煙が上がり、焼け焦げたような臭いがした。

この闇に触れたら、だめだ。

「アルマーク、こっちへ！」

ウェンディが叫んでいる。振り返ると、ウェンディとモーゲンは石畳の通路の先、扉の方へと駆けていた。

「この扉の奥へ行きましょう！」

「開くのかい、その扉」

叫びながら、アルマークも二人の方へと駆けた。

「分からない」

ウェンディが叫び返す。それはそうだろう。しかし闇が前方全てを覆いつくしてしまっている以上、他に選択肢はなかった。

キュリメを連れて後方にいたおかげで、一番先に扉にたどり着いたのはモーゲンだった。キュリメを抱えたまま肩をぶつけるようにして扉を押したモーゲンは、真っ赤な顔でしばらく唸《うな》った後で、泣きそうな声を上げる。

「だめだ、開かないよ」

しかしウェンディは怯《ひる》まなかった。

「二人で押してみましょう」

そう言って駆け寄ると、その勢いのままに扉を押す。走るアルマークの背後で、闇がさらに膨れ上がった。ただでさえ弱い日の光がすっかり遮られ、辺りは夜のような暗さになる。あの重そうな扉は、子供二人くらいの力ではとても開かないだろう。僕も手伝わなければ。アルマークがそう思ったとき、モーゲンが歓声を上げた。

「開いた！」

その言葉通り、扉が鈍い音とともに奥に開いていく。

「ウェンディ、すごい力だ！」

「す、すごくないよ」

ウェンディは戸惑った顔で首を振る。

「押したらすぐに開いたんだよ」

「僕だけじゃびくともしなかったのに。やっぱりウェンディはすごいや」

モーゲンがはしゃいだ声を上げている。

「ほう」

アルマークの背後に迫る闇の中から、グルムブルのひび割れた声がした。黒い墨のような空間から、にょきりと闇の戦士が首だけを覗かせる。

「示したのは、血か」

「え？」

アルマークが目を見張ると、グルムブルは厳かな口調で言った。

「その血に連なる者であることが示された」

その言葉と同時に、迫ってきていた闇の奔流がぴたりと止まる。グルムブルの口調からも敵意が消えていた。

「通るがよい」

だがアルマークが安心しかけたその直後だった。突如、戦士の首に絡みつくように闇が渦巻き、腐臭が激しさを増した。

「と思ったが、気が変わった」

グルムブルの口が、にいっ、と歪《いびつ》に引き延ばされる。

「その血に連なる者であれば、なおさら摘み取らねばなるまいて」

「なんだって」

とぷん、と戦士の首が闇の中に沈んだ。まずい。

闇が再び爆《は》ぜた。アルマークはとっさに転がってかわすが、飛び散った黒い飛沫が頬に当たってぴりっとした痛みを残していく。

「アルマーク！」

扉の向こうでウェンディが手を振っている。

「早く、こっちへ！」

濁流のように迫る闇から逃れ、アルマークは扉の奥に飛び込んだ。それと同時に、ウェンディとモーゲンが二人掛かりで扉を閉める。押し寄せるグルムブルの闇が扉にぶつかる、ずしん、という重い音。扉はきしんで揺れたが、それだけだった。闇の戦士からは逃れたものの、閉ざされた遺跡で、アルマークたちは完全な暗闇の中にいた。

遺跡

ぽつり、と炎が灯る。照らし出された見知った顔に、モーゲンがほうっと息をつく。

「あいつ、この中までは追ってこなかったね」

「うん」

アルマークは閉まった扉の方にちらりと目を向けて頷いた。ウェンディが自分の手の上に灯った火をふわりと上空に飛ばす。浮かび上がったのは、学院の校舎の廊下よりやや狭いくらいの幅の通路。それが、鬼火の術の光の届かない先まで続いていた。

「魔法が安定したわ」

自分の作った鬼火を見上げていたウェンディが、魔力を見定めるように言った。

「日食の影響は、この遺跡の中までは届かないみたい」

「本当だ」

自分の指先に灯をともしたモーゲンが、そのきれいな丸い炎に頷く。

「魔法がちゃんと使える。っていっても、こんな真っ暗な中に閉じ込められてたら、ちっとも嬉《うれ》しくないけど。日食でもいいから外に出たいよ」

「この先のどこかに、他の出口があるかもしれない」

アルマークは言った。

「この扉だっていつまで持つか分からないし、それを探した方がいいと思う」

「そうだね」

ウェンディが同意する。

「あの黒い戦士、何者なんだろう」

「この遺跡の守護者みたいなものだと思うんだけど」

アルマークは曖昧に首を捻った。

「でも闇の力を持った守護者がいるなんて、おかしいな。この遺跡自体にいい感じがしない」

「……うん」

ウェンディは暗い表情で頷く。

「とにかく、先に進もう」

アルマークは床に寝かせていたキュリメを抱き上げた。

「あっ、アルマーク。キュリメなら僕が」

モーゲンが横から腕を伸ばすが、ここまで彼女を運んできただけでモーゲンがすっかり汗だくになっていることを、アルマークは知っていた。

「ありがとう、必要になったらそのときに頼むよ」

アルマークは親友に笑顔を向ける。

「それまでは力を溜めておいてくれ」

「う、うん」

「アルマーク」

アルマークにそっと近付いてきたウェンディが、彼の頬に手を伸ばした。

「ここ、火傷《やけど》？」

「ああ、これは」

アルマークは小さく首を振る。

「触らない方がいいよ。さっき、少しだけ闇の飛沫がかかったんだ」

「じっとしていて」

「え？」

ウェンディは真剣な表情で傷口に手をかざした。その指先から優しい魔力が伝わってくるのが、アルマークにも分かった。一瞬の後、アルマークの頬の痛みは引いていた。

「治癒術か」

アルマークは目を瞬かせる。

「こんなあっという間に。ありがとう」

「治ってよかった」

ウェンディは安心したように微笑んだ。

「闇の力が奥まで入り込んでいたら、普通の治癒術じゃだめだって聞いたことがあるから」

「飛沫だったし、表面を焼かれただけだと思うんだ」

アルマークの言葉に、モーゲンも横からその頬を覗き込む。

「うん、ほんとに跡形もないよ。さすがウェンディ」

「モーゲンは、どこか怪我したところはない？」

「さっき落ちかけたときは危なかったけどね」

モーゲンは思い出したように顔をしかめた。

「アルマークが受け止めてくれたから、平気だったよ」

「それならよかった」

そんな会話をしながら、三人は通路を奥へと歩き出す。入ってきた扉の向こうは不気味なほど静まり返っているが、グルムブルがいつ扉を破って入ってこないとも限らない。あまり長居をしているのは危険だった。

ウェンディの作った鬼火が照らし出す壁には、やはり無数の古代語が彫られていた。

「きっとここは、強い魔法の掛けられた場所なんだと思う」

三人の足音が反響する通路を歩きながら、ウェンディが言う。

「壁のこのたくさんの文字も、その魔法の一部なんだわ」

「これだけの建物をまるまる使うような魔法ってことかい」

アルマークは、まるで模様のようにすら見える無数の古代語を眺めながら、それがどんな魔法なのかイメージしてみようとしたが、とても想像が及ばなかった。

「それってどんな魔法なんだろう。ここまでの準備をして掛ける魔法って」

「分からないけど、たとえば……」

ウェンディは声を潜める。

「何か、ものすごく危険なものを封じ込めておくための魔法とか」

「ものすごく危険なものって？」

「だから、分からないって言ってるじゃない」

ウェンディは深く考えることを恐れるように首を振った。その気持ちはアルマークにも分かった。闇の力を持った戦士が護《まも》る遺跡にもしも本当に何かが封じ込められているとしたら、それは。

一瞬ひどく不吉な想像が頭をよぎった。結局、アルマークもそれ以上、壁の古代文字について考えることをやめた。

不意に、壁際の燭台《しょくだい》に炎が灯った。まるで三人をいざなうかのように、通路の奥へと順に明かりが灯っていく。

「きっと、人が通ると魔法の明かりが自動でつくようになっているんだとは思うけど」

そう言ってウェンディが微かに顔を曇らせた。

「何だか誘われているみたいだね」

「うん。ちょっと嫌な感じがするよ」

モーゲンも目を細めて通路の奥を透かし見る。

「でも、先へ進むしかない」

アルマークは言った。他に通路はない。

「行こう」

さらに奥へと歩を進めると、ある場所を境に天井が急に高くなり、広間のような大きな空間に出た。その中央に、祭壇のようなものが設《しつら》えられていた。祭壇の脇には、まるでそこを守るかのように、長い斧槍《おのやり》を手にした衛兵の石像が立っていた。

祭壇の上に鎮座しているのは、細長い石櫃《せきひつ》だった。

「箱が置かれてるよ」

モーゲンが言った。

「あの箱の紋章、さっきも見たな」

櫃の側面に彫り込まれた紋章。アルマークも、それに見覚えがあった。さっき通ってきたあの大きな扉にも、同じ紋章が描かれていたからだ。

「ガライ王家の紋章によく似てるわ」

ウェンディが言った。それでアルマークも、なぜこの紋章に見覚えがあったのかが分かった。王立施設である学院の建物には王家の紋章が描かれた場所がところどころにあるが、この紋章はそれとよく似ているのだ。

「そういえば、さっきの扉にも描いてあった気がするわね。ここは王家に関係する場所なのかしら」

「ノルク島も、王家直轄領だもんね」

モーゲンも頷く。

「ここが王家に関連する遺跡だったとしても不思議はないか」

「いや、どうかな」

アルマークには少し引っかかることがあった。

「確か、元の領主のボルーク卿《きょう》の寄進でこの島が王家直轄領になったのは、せいぜい百年くらい前のことだよね。それって、この遺跡のできたずっと後だと思うよ」

夏季休暇の間に読んだ本で得た知識がこんなところで役に立つとは思わなかった。

「そういえばそうね」

ウェンディも頷く。

「それじゃあ時期が合わないね」

「よく分からなくなってきたよ」

モーゲンが顔をしかめる。

「じゃあどうして王家の紋章が付いてるの」

「もうちょっと近くで、よく見てみよう」

アルマークはキュリメを抱きかかえたまま、祭壇の櫃に近付いていく。

「気を付けて」

ウェンディが小走りにその隣に並んだ。

「あの石像が動き出すかもしれないわ」

その言葉に、モーゲンが慌ててアルマークの後ろにくっつく。三人は慎重に櫃に近付いたが、幸い衛兵の石像はぴくりとも動かなかった。

「さっきは急いでいたからよく見てなかったけど」

櫃の側面だけでなく蓋にも彫られたその紋章を見て、ウェンディが言う。

「ガライ王家の紋章とはちょっと違うみたい。よく似ているけど」

「そうだね」

アルマークも頷く。似てはいるが、近くで見れば細かいところがいろいろと違う。

「これ、何が入ってるんだろうね」

モーゲンが蓋に手を掛けて、力を込めた。

「重いや。動かない」

「僕が開けてみるよ」

アルマークはキュリメの身体を床に寝かせ、蓋に手を掛けた。だが、石でできた蓋はアルマークが全力で動かそうとしてもびくともしなかった。

「手伝うわ」

ウェンディも蓋に手を掛ける。

「いや、ウェンディ。これはきっと」

重さの問題じゃない。何か、封印のようなものが。そう言おうとしたが、ウェンディが手を掛けると、蓋は鈍い音とともにずれた。

「開いた！」

モーゲンが叫ぶ。

「アルマークでも開かなかったのに。ウェンディ、すごい力だ！」

「ち、違うよ」

ウェンディが慌てて首を振る。

「押したら普通に開いたんだもの」

「入ってきた扉も、そうだったね」

アルマークは言った。

「モーゲンが押してもびくともしなかったのに、君が押したら簡単に開いた」

「違うの。だからそれは」

ウェンディが顔を真っ赤にして否定しようとするのを、アルマークは制止した。

「いや、よく考えてみればあの闇の戦士が出てきたのも、君が壁の古代文字を触ったときだった」

「え？」

ウェンディが目を瞬かせる。アルマークの中で、一連の出来事の答えが閃《ひらめ》いていた。

「もっと言えば、この遺跡に下りる穴が開いたのも、君があの石碑の古代文字に触った直後だったじゃないか」

「何が言いたいの、アルマーク」

ウェンディが戸惑った顔でアルマークを見る。アルマークは、ウェンディを見つめ返した。

「ウェンディ、君の家はガライの大貴族バーハーブ家だよね」

「え、ええ」

「ガライ王家と、血縁関係はあったりしないのかい」

「血縁関係？」

ウェンディは首を振る。

「ないわ」

そう否定した後で、ウェンディは「ああ、そういえば」と呟いた。

「ずっと遡れば、王家から嫁いできたご先祖様がいたりはするけれど」

「きっとそれだ」

アルマークに指差され、ウェンディはますます戸惑った顔をする。

「何が？」

「あの闇の戦士グルムブルも、力か血か、みたいなことを言っていたじゃないか。それにこの、王家の紋章によく似た形。この遺跡は、王家の血を引く人間が触れることでいろいろな仕掛けが作動するようになってるんじゃないのかな」

「そうか、なるほど」

モーゲンが声を上げる。

「ウェンディが触れることが作動の鍵だったのか。そう考えれば、今までの不思議な出来事にも説明がつくね」

「でも、前に来たときは、石碑に触れても何も起きなかったのよ」

なおも納得がいかない様子のウェンディ。

「どうして、今日だけ」

「きっと今日が特別な日だからさ」

アルマークは言った。

「ウェンディ、前に校舎でマイアさんの隠し部屋を見つけたときのことを覚えているかい」

「ええ、もちろん」

ウェンディは頷く。

「昼休みにだけ、不思議な窓が校舎の壁に現れるっていうあの話を調べたときのことよね」

「そう。あのときマイアさんは、夏が近づくと太陽の光が強いせいで魔法が強く出ることがあるって言ってたじゃないか」

「あ、それ僕の持ち込んだ噂話《うわさばなし》の件だね」

モーゲンが口を挟んだ。

「あのとき君たちからもらった飴《あめ》、食いでがあったなあ」

「あ、そうか」

ウェンディがようやく理解した様子で頷く。

「そういうことなのね。今日は日食だから魔法が弱くなっていて、あのときとは逆のことが起きたって、アルマークはそう言いたいのね」

「うん」

アルマークは櫃の側面に描かれた紋章に目を落とした。

「この遺跡はただ地下にあるってだけじゃない。きっと何か強い魔法で隠されているんだ。でも今日は日食で、その魔法が弱まっているときに、王家の血を引くウェンディがそうとは知らずに石碑に触れたことで魔法が解除されてしまった。だから、この遺跡が僕たちの前に現れた。そう考えると、いろいろとつじつまが合う気がしないかな」

「ああ」

ウェンディが嘆息する。

「ごめんなさい、私のせいなんだね。私がいろんなところを触っちゃったから」

「君のせいなんかじゃないよ」

アルマークは首を振った。

「こんなこと、分かるわけない。それに自分で言っておいて何だけど、僕のこの理屈には大きな疑問が残るんだ」

「疑問？」

ウェンディが首を傾げる。

「何？」

アルマークは、床に横たわるキュリメを見た。

「キュリメは、最初に穴が出現したときにはもう穴の底に倒れていたじゃないか」

「あっ」

ウェンディが石碑に触れたことで初めてこの遺跡を守る魔法が解除されたのであれば、キュリメがすでにそこに倒れていたという事実と矛盾する。それに気付いたウェンディは目を見張る。

「そういえばそうだね」

「キュリメもガライ王家の血を引いていたりは」

「しないと思う」

ウェンディは首を振る。

「絶対とは言えないけど。キュリメは中原《ちゅうげん》の出身だから、その可能性はすごく低いと思う」

では、どういうことなのか。キュリメはなぜ今ここにいるのか。アルマークとウェンディの間に重い空気が漂ったときだった。

ぱりぱり、という乾いた音がモーゲンの方からした。

「あ」

二人に見つめられ、一人で焼き菓子を齧《かじ》っていたモーゲンはばつの悪い顔をした。

「ちょっとお腹《なか》がすいちゃって。ええと、二人も食べるかい」

そう言ってローブの袖から焼き菓子を取り出す。それを見て、アルマークもウェンディも思わず噴き出した。

「君のローブの袖は、本当にすごいな」

普段通りの見慣れたモーゲンの姿に、二人も肩の力が抜けてしまった。顔を見合わせて微笑むと一気に空気が和らぎ、それでこの話は一旦終わりになった。

「この先に、別の出口があるのかしら」

モーゲンのくれたお菓子を齧りながら、ウェンディが言った。通路は、祭壇の奥にさらに続いていた。味わうこともなくさっさとお菓子を口に放り込んだアルマークは、その向こうの闇に目を向ける。

「どうだろう。でも、僕らが下りてきた穴は遺跡の入り口って感じがしない。行き止まりの天井に開いた穴だったしね。きっと正式な入り口がどこかにあると思うんだ」

「僕もそう思う」

モーゲンは手を叩いて焼き菓子の粉を払った。

「日食の日にしか入れない入り口なんて、不便でしょうがないもの。絶対他の入り口があるよ」

「ちょっと待ってくれ、モーゲン」

アルマークの鋭い語気に、モーゲンは目を丸くする。

「僕、変なこと言ったかい」

「そうじゃない。今、君が払った粉」

アルマークの鋭敏な目は、それを捉えていた。モーゲンが手で払った焼き菓子の粉が、ウェンディのわずかに開けた櫃の蓋の隙間に吸い込まれていったのだ。

「ここに吸い込まれていったぞ」

アルマークは櫃の蓋を動かそうとするが、やはりびくともしない。

「ウェンディ」

「うん」

ウェンディが押すと、蓋はまるで軽い木でできているかのようにするりと動いた。蓋が開き、櫃の中が露《あら》わになる。

「あっ」

思わず三人は目を見張った。櫃の中には何もなかった。底すらも。灯の光が差し込んでもどこにも届かない。ぽっかりと、深淵《しんえん》のような真っ暗な空間がその先にあった。そこに風が吸い込まれていく。三人は言葉を失い、ただ櫃の中を見つめた。

「これ、何なの」

ようやく、ウェンディが口を開く。

「底もないなんて。別の空間への入り口みたい」

「そうだね」

アルマークは屈み込んで櫃に吹き込んでいく風を確認した。そよ風にも満たない程度の風だ。粉のような物でなければ、吸い込まれるほどの強さではない。

「あっ！」

突然モーゲンが声を上げた。

「キュリメから」

「えっ」

キュリメの身体から無理やり引き出されるようにして、黒い霧のようなものが湧き出していた。

霧は一瞬何かの形をとろうとしたが、結局そのまま強い力で櫃の中へと吸い込まれていく。三人の見守る中、霧は櫃の中の黒い空間に姿を消した。

「……今のって」

「闇かもしれないわ」

モーゲンの言葉に、ウェンディが言った。

「キュリメは、闇に侵されていたのかも」

「それを、この箱が吸い込んでくれたのか」

モーゲンは櫃の側面を叩いた。

「すごいぞ」

「今、一瞬だけ風がすごく強くなった」

アルマークにはそれが分かった。まるで黒い霧に反応したかのようだった。

「この箱は、闇を吸い込むためのものなのかもしれないぞ」

「キュリメ」

ウェンディがキュリメの肩を叩く。キュリメが低く呻《うめ》いた。さっきまでは決して見られなかった反応だ。

「闇が抜けたんだわ」

ウェンディの声も明るくなる。

「きっと、もうすぐ目を覚ますわよ」

「よかった。後は出口を見つけるだけだね」

モーゲンがそう言ったときだった。

「見つけたぞ」

不意に、ひび割れた声が響いた。三人が振り返ると、ここまで歩いてきた通路がいつの間にか黒い霧で満たされていた。三人の目の前でそれが急速に凝固し、一人の戦士の姿をとる。

「グルムブル！」

モーゲンが悲鳴を上げる。

「扉を壊したのか。音なんかしなかったのに」

「そこを動くなよ、盗掘者ども」

グルムブルは大声で呼ばわると、ゆっくりと歩み寄ってくる。

「貴様らなどが決して触れてはならぬものがあるのだ。この中まで足を踏み入れたこと、命をもって償え」

「また物騒なことを言ってるよ」

モーゲンの声は恐怖で掠《かす》れていた。

「どこに抜け道があったんだろう」

「いや」

アルマークは首を振る。

「多分、霧だ」

闇の力の象徴のような、黒い霧。グルムブルはあれに姿を変えることができる。つまり。

「あいつは霧になって、扉の隙間を抜けてきたんだ」

「それって、扉じゃ閉め出せないってことじゃないか」

モーゲンは青ざめた顔でグルムブルを見て、それからアルマークを振り返った。

「逃げよう」

「そうだね」

アルマークはまだ意識の戻らないキュリメを抱き上げる。

「ウェンディ、行こう」

「うん」

ウェンディも身を翻した。

「どこへ逃げる」

背後からグルムブルの笑い声。アルマークはそこに歪んだ凶気のようなものを感じ取った。

「どこへ逃げようが無駄だぞ」

そう言ってグルムブルは両腕を広げる。闇の力がその身体で渦巻いていた。

「とはいえ、子供の三人や四人では血が足りぬのう」

グルムブルは、入ってきた扉の方にのっぺりとした顔を向ける。

「ここには余人はおらぬ。人の匂いがするのはやはりあの穴の上か」

穴の上。そこは、学院の庭園だ。下級生たちがきっとまだ歓声を上げて遊びまわっている場所。

そこを襲おうとしているのか。

その言葉を聞いた瞬間、ウェンディが足を止めた。祭壇の上で、グルムブルを厳しい顔で睨みつける。

「何してるんだい、ウェンディ」

モーゲンが振り返って叫ぶ。

「早く行かないと」

「私、逃げない」

ウェンディは言った。

「え？」

「な、何言ってるのウェンディ」

「だって、あの闇の戦士」

ウェンディは青ざめた顔でグルムブルを見据えていた。

「私たちだけじゃ血が足りないって言ったわ。外の庭園の方にも行こうとしている。あそこには、まだまともに魔法も使えない下級生がたくさんいるのよ」

アルマークも、扉の外で対峙《たいじ》したときからグルムブルが外を気にしていたことには気付いていた。

「私たちがここから逃げて他の出口を探している間に、人の命を何とも思っていないあんなものが外に出ちゃったら、どんなことが起きてもおかしくない」

その惨劇を想像するかのように、ウェンディの吐息は震えた。

「だから、あの戦士をどうにかしてこの遺跡の中に封じ込めたい」

炎の明かりに照らされたウェンディの瞳は、強い決意を秘めていた。

「私、もう自分のせいで誰かが死んでしまうのは嫌なの」

「君のせいじゃない」

「いいえ、これは私のせい」

アルマークの言葉を、ウェンディはきっぱりと否定した。

「壁の罠に触ってあれを目覚めさせたのは、私だもの」

「知らなかったことだろう」

「わざとやったわけじゃないのに」

アルマークとモーゲンが口々に言うが、ウェンディはそれにも躊躇なく首を振る。

「知らなかったとかわざとじゃなかったとか。そんなこと、そのせいで傷ついたり命を落としたりする人にとっては、何の関係もないことだわ」

ウェンディの意志は揺るがなかった。

「私は残る」

ああ、この強さだ。

アルマークは、冬の屋敷のあの戦いの後に見たウェンディの強さを改めて思い出していた。どんなにつらいことが自分と関わっていたとしても、ウェンディはそこから逃げ出さない。自分のせい

じゃないなんてことは決して言わない。その細い背中に、全ての責任を背負って立つ覚悟を、いつだって持っている。

きれいだ。アルマークはウェンディを眩しく見つめた。ウェンディはきれいだ。それは、容姿だけのことではなく。

「分かった。僕も戦う」

アルマークは言った。

「どうにかしてあいつには、元の暗闇の中に帰ってもらおう」

「え、でも」

ウェンディが一瞬逡《しゅん》巡《じゅん》する。アルマークを自分のわがままに付き合わせてしまっていいものか迷っているようだった。

「君に、練習にちょうどいい場所を教えてくれって言ったのは僕だ。僕にだって責任がある」

「それは関係ないわ」

ウェンディは首を振りかけたが、アルマークは強い言葉で遮った。

「僕を見損なわないでくれ、ウェンディ。理屈なんて何だっていいんだ。どっちにしたって、僕は一緒に戦う。たとえ君が逃げろって言ったって、僕は君を一人で残していくような真似は絶対にしない」

ウェンディの瞳が揺れる。

「……ありがとう、アルマーク」

「僕も残るよ」

モーゲンが震える声で言った。

「二人が残るなら、僕だって」

「ありがとう、モーゲン」

ウェンディはかすれた声でそう言って、それから心配そうにモーゲンを振り返る。

「無理しなくていいのよ、大丈夫？」

「僕だって二人の友達じゃないか。それに、この先の真っ暗な通路をたった一人で、あるかどうかも分からない出口を探して歩く方がよっぽど怖いよ」

そんなことより、とモーゲンは声を潜めた。

「僕、いい方法を思い付いたんだ」

そう言って、櫃の側面を叩く。

「霧になったあいつを、これに吸い込ませちゃえばいいんだよ。さっきキュリメの身体から出てきた黒い霧みたいに」

「あ、そうか。なるほどな」

アルマークは目を見張る。

「冴《さ》えてるな、モーゲン」

「うん。それ、すごくいい」

ウェンディも顔を輝かせた。二人に誉《ほ》められて、モーゲンは嬉しそうに頬を紅潮させる。

「じゃあ後はあの余裕綽々《よゆうしゃくしゃく》のあいつを」

アルマークは、まるで三人に恐怖を刻み込むかのようにわざとゆっくり近付いてくるグルムブルを見た。

「どうやってもう一度霧に戻すかだね」

「そうだね」

ウェンディは素早く櫃の蓋を閉める。聡明《そうめい》なウェンディには、今はまだ敵にこちらの意図を悟らせるわけにはいかないことが分かっていた。

「ウェンディはキュリメと一緒にここにいてくれ」

アルマークは言った。

「この蓋を開けられるのは君しかいない。それにこの祭壇の上なら周りがよく見えるから、何かあったら魔法ですぐに対処できると思う」

「アルマークはどうするの」

「僕は、あれを使うよ」

アルマークは衛兵の石像が手にする武器を指差す。長い柄の先端に槍の穂先と斧の片刃がついた斧槍。

「グルムブルが戦士の姿のままで、ここまで来たらどうしようもない。あれで、とりあえず戦ってみる。戦いで分が悪くなれば、また霧になろうとするかもしれない」

そう言って駆け出そうとするアルマークの背中に、モーゲンが慌てて声をかける。

「アルマーク、僕はどうすればいいの」

「君は、僕の後ろで」

アルマークは答えた。

「僕を魔法で助けてくれ」

「君を魔法で」

モーゲンは怯んだ顔をする。アルマークの指示がひどく曖昧だったからだ。だが、脇目も振らずに駆けていくアルマークの背中に、分かった、と答えて祭壇を駆け下りる。

アルマークは石像に駆け寄りざまに、その斧槍を引っ掴んだ。ずしりとした重さ。バランスが悪いせいか、ひどく重く感じる。

幸い、それは単なる装飾用ではなかった。長い年月を経ているのに錆《さ》びていないのは、何かの魔法がかけられた武器だからなのかもしれない。だが、とにかく長く、重かった。使い慣れた長剣とはまるで勝手が違う。しかし、今はこれに頼るしかない。

斧槍を手にしたアルマークが駆け寄ってくるのを見て、グルムブルは低く笑った。

「逃げるかと思いきや、破れかぶれの突撃か」

そう言って、威嚇するように黒い剣を一振りする。

「人間の考えることは分からぬものよ」

アルマークは斧槍を思い切り振りかぶると、斧の片刃を戦士の黒い身体めがけて叩き込んだ。だがグルムブルは黒い盾を掲げてあっさりとそれを防ぐ。

「子供とは思えぬ一撃」

賞賛の言葉とは裏腹に、グルムブルの口は嗜虐《しぎゃく》的に歪んだ。

「しかし明らかに力不足」

グルムブルが剣を振り上げて踏み込んでくる。アルマークは振り下ろされた剣を飛び退いてかわそうとしたが、斧槍の重さと長さが俊敏な動きを阻害した。

何て重くてかさばるんだ。アルマークは内心で舌打ちする。大抵の武器は使いこなせるつもりでいたが、これは。長柄の武器とは、こんなにも扱いづらいものだったのか。

「逃がさんぞ」

どうにか距離を取ったアルマークに、グルムブルが巨体に似合わぬ速度で踏み込んできた。その剣を斧槍の柄で受け止めるが、斬撃の力を受け流すことができずにアルマークは吹き飛ばされる。

「死ねい」

グルムブルがとどめとばかりに剣を振り上げる。次の瞬間、その身体を輝く網が捕らえた。ウェンディの光の網だった。

「ありがとう、ウェンディ」

アルマークは立ち上がる。振り返る余裕はないが、言葉にウェンディへの感謝を込めた。アルマークの背後で戦いを見守るモーゲンも、魔法で援護しようと目を凝らしていたが、ウェンディの判断と魔法行使の速度は彼よりも遥かに速かった。

グルムブルが網を引きちぎる間に、アルマークは体勢を整えた。斧槍は斬るだけの武器じゃない。斬ってだめなら、突いてやる。グルムブルが突っ込んでくるのに合わせて、アルマークは斧槍を突き出した。しかし、やはり素早くかざされた黒い盾によって防がれてしまう。

グルムブルはそのまま力任せに距離を詰めてきたが、ウェンディの放った三本の光の矢が行く手を阻んだ。

「この魔法、小賢《こざか》しいのう」

払いのけるように盾を振って光を弾いたグルムブルは、足を止めて剣を下ろした。

「さして効きもせぬが、煩《うるさ》いことに違いはない。ちとやり方を変えようか」

そう言って、口元をにやりと歪ませる。

霧になるつもりか。アルマークは素早くウェンディに目で合図する。ウェンディも小さく頷いた。霧になったら櫃の蓋を開けて、風の術で追い込んで吸い込んでしまおう。

だが、グルムブルの採った戦術は、霧への変化ではなかった。闇の戦士が剣先を壁に向けると、そこにじっとりと黒い油のようなものが浮かんできた。周囲を覆う腐臭が強くなる。どろり、と黒い油の中から何かが現れた。それは、黒い触手のようなものだった。触手は黒い油の跡を残しながら壁を素早く這った。ウェンディの方へと。

「ウェンディ、気を付けろ」

アルマークが叫ぶ。ウェンディはキュリメを守るように、触手に向かって腕を突き出した。触手がまるで尖《とが》った槍のように姿を変えてその胸を貫こうとするのと、ウェンディの光の網がそれを捕らえるのとは、ほとんど同時だった。触手の槍はウェンディのローブにほとんど触れんばかりのところで、網に絡めとられていた。だが、なおも動こうとする槍の力に網がきしむ。

「受け止めたか、頑張るのう」

グルムブルは低く笑いながら剣を下ろす。

「まあいい。いずれにせよ、これで邪魔な魔法は飛んでこぬということ」

「モーゲン、ウェンディを頼む」

「うん」

アルマークの言葉に、モーゲンはウェンディのもとへ走ろうとした。

「来ないで、モーゲン」

ウェンディの叫びに、慌てて足を止める。

「私は大丈夫。アルマークを助けてあげて」

ど、どっちなんだ。モーゲンはアルマークとウェンディとを交互に見た。ウェンディを襲おうとしている黒い槍は、ウェンディの光の網にぎりぎりで捕らえられているが、それでもまだみしみしと動いている。一方で、グルムブルは再び悠々と剣を構えていた。それに対峙するアルマークの斧槍は素人目にも扱いづらそうだ。

「モーゲン、アルマークに力を貸して」

迷うモーゲンの背中を押したのは、ウェンディの一言だった。

「この槍を消しても、状況は変わらない。倒すなら、あの戦士本体よ」

確かに。

「分かった」

ウェンディの言う通りだ。

「ウェンディ、あと少し我慢してね」

モーゲンはアルマークの方へと走った。ちょうどグルムブルの突進を受けて、アルマークがまた床に転がされるところだった。モーゲンはウェンディのやり方をなぞるように光の網を放つ。だが、モーゲンの網はグルムブルを瞬きほどの一瞬包み込んだだけだった。闇の戦士は身じろぎ一つでそれを消し去った。時間稼ぎにすらならなかった。モーゲンは、自分とウェンディとの魔法の実力の違いを痛感する。

僕の魔法じゃ、何の援護にもならないじゃないか。

それでもアルマークはどうにかグルムブルの強烈な追撃をかわして起き上がっていた。諦めることなく飛びかかっていくが、斧槍の攻撃はまるで振るわない。突いても、横薙《な》ぎに振るっても、盾で簡単に防がれてしまう。モーゲンはその攻防に合わせて、ウェンディのように的確なタイミングで魔法を打ち込もうとは思うのだが、二人の動きが速くて魔法が追い付かない。

斧槍による何度目かも分からない攻撃が、黒い盾に当たって虚しく跳ね返されたとき。

これは、だめだ。アルマークはそう悟った。今のままの僕で、いくらこれを振り回しても、絶対にこの戦士の防御を打ち破ることはできない。相手が危機を感じて、姿を霧に変えることはないだろう。

ウェンディも今は触手の槍をしっかりと防いでいるが、魔力が永久に持つわけではない。時間が過ぎれば、いつかはやられてしまう。それまでに勝負を決するためには、今のままの僕じゃだめだ。

慣れない得物。強大な敵。それでも生き残るためには、切り替えなければ。

僕は学んできたはずだ。生きるためには、守るなんて生易しいことを言ってはいられないときがあると。相手を殺す。相手の命を奪う。それでこそ初めて守れるものがあるってことを。

死臭漂う北の戦場でも、腐臭漂うこの地下遺跡の中でも、やることは一緒だ。生き残るためには、全霊を懸けて相手を殺すしかない。この身に染みついた北の傭兵の戦い方で。

思い出せ。父の言葉を。長柄斧の達人ゲイザックの言葉を、幼馴染《おさななじみ》のガルバの姿を。

斧槍を使うときは、どうする。剣を振るうアルマークの横で、いつも長柄斧を振るっていたガルバ。その姿を思い出す。柄の長い、長物《ながもの》を扱うときは。

「ほう」

グルムブルがアルマークに顔を向け、口を歪める。

「顔つきが変わった」

そう言って、小さく頷く。

「人を殺し慣れた目だ」

その瞬間、アルマークの背筋をぞわりと何かが走った。

『許さない』

耳元でそう囁《ささや》かれた気がした。今も鮮明に耳に残るウェンディの声。冬の屋敷で、傭兵の遺骸を前にウェンディが口にした憎しみの言葉。あのときに感じた静かな絶望と恐怖が、色褪《いろあ》せることなくアルマークの心に蘇った。

『傭兵なんて、この世からいなくなればいいのに』

剣は南でもごく一般的な武器だ。だが、斧槍を振るっての戦いなど今では北の戦場でしか目にすることはないだろう。おそらく、あの盾をかいくぐるために、アルマークの戦い方は南の人間のそれとはかけ離れたものになるだろう。北の傭兵たちの、戦場での戦い方に。そしてウェンディはそれを目にするだろう。

アルマークはほんの一瞬、ちらりとウェンディの方を見た。光の網で黒い触手を押さえ込みながらも、まっすぐな目でこちらを見つめるウェンディ。何かあれば、自分を守る光の網よりもアルマークの援護を優先しそうな気配さえある、その強い瞳。

あの目が、憎しみに歪むかもしれない。斧槍を握るアルマークの手は、冷たい汗で濡《ぬ》れた。膝が微かに震える。

強大な敵と戦うのは、怖い。死ぬのも、もちろん怖い。

けれど、ウェンディに自分が北の傭兵の息子だと知られること。自分が彼女から大事なものを奪ってきた北の傭兵たちと同じ戦場で戦ってきた人間だと知られ、そして失望されること。それが、こんなにも怖いことだなんて。ただそれだけで、こんなにも心が締め付けられるなんて。

グルムブルが迫ってきた。その巨大な剣の容赦ない一撃を受け止めきれず、アルマークはまた冷たい床に転がる。石畳をこすった斧槍が耳障りな音を立てた。

怖い。アルマークはそう認めざるを得なかった。自分の本気の戦いを、ウェンディに見られてしまうのが怖い。

アルマークに向かって踏み込んだグルムブルが、不意に煩わしそうに剣を振った。小さな光の玉が、その黒い身体を叩く。モーゲンの魔法かと思ったが、違った。

「頑張って、アルマーク！」

ウェンディの声。ウェンディは光の網で黒い槍を押さえながら、それでもアルマークの援護をしてみせた。その精神力の強さに、アルマークは目を見開く。

「負けないで！」

一点の曇りもないウェンディの声。自分の身も危険に晒《さら》されながら、それでもただひたすらにアルマークを心配する彼女の言葉。それが、アルマークの深いところに眠っていたものを震わせた。

——ああ。

その一瞬で、もうアルマークは覚悟を決めていた。

ありがとう、ウェンディ。どうか、できれば。

アルマークは跳ね起きて、斧槍を構える。できれば、今からの僕の姿は見ないでくれ。

熱い心と裏腹に、アルマークの目は冷たい殺気を帯びる。

でも、見てしまったのなら。

自分の心に刺さった針のような痛みには、気付かないふりをした。

見てしまったのならそのときは、僕のことを憎んでもいいから。

初めて出会った日のウェンディの笑顔が、脳裏をよぎる。

——どうか、明るくて優しい君のままで。

胸に溜まった息を吐き、斧槍を持つ腕から力を抜く。だらりと下げた腕に、グルムブルが拍子抜けしたように肩をすくめた。

「諦めたか」

アルマークは何も答えなかった。思い出していたのは、北の記憶。戦場で何人もの敵に囲まれたアルマークの隣には、ガルバの父〝黒戦斧《こくせんぷ》〟ゲイザックがいた。決死の覚悟を決めたアルマークの横でゲイザックはこともなげに言った。

見てろ、アルマーク。長物ってのは、振り回すもんじゃねえんだ。

その言葉が終わると同時にゲイザックの見せた、目の覚めるようなひと振り。あれは、確か。

アルマークはまるで倒れ込むかのように、グルムブルに向かって駆けた。余分な力の抜けた腕に、ずしりとした斧槍の重さをしっかりと感じる。

振り回すんじゃなく、長物自体に。

ゲイザックの言葉を、自分が目にしたあのひと振りを、なぞるように。弧を描く斧槍の先端が、今までに聞いたことのない轟音《ごうおん》を発する。

気持ちよく回ってもらうんだ。

斧槍の重さそれ自体を武器とした一撃。防ぐグルムブルの盾が、激しい音を立てた。

「むっ」

そのときには、次の一撃が盾を襲っていた。激しい衝撃に、グルムブルが一歩後退る。

「これは」

突然の、斬撃の速さと重さの変化に、グルムブルは戸惑ったように盾を構える。

ああ、思い出してきた。

アルマークは口元に微笑さえ浮かべていた。その脳裏に、北で見た名うての戦士たちの動きが次々に蘇る。ゲイザックの長柄斧だけではない。〝鉄騎士〟マリスモーグの、〝白き疾風〟ガルカシュの、その力強く洗練された動き。アルマークはそれをなぞった。その一撃一撃に必殺の気合を込めた。戦場で、長い旅の途中で、研ぎ澄まされ、磨き抜かれた北の戦士の殺気を。斧槍が奔放な軌跡を描き、四方八方からグルムブルを襲った。

「なんと、これはまるで」

グルムブルが呻く。

「別人のようではないか」

がつん、がつん、と強い衝撃で盾が揺れる。連続で叩き込まれる斧槍の刃が盾に食い込む。それに楔《くさび》を打とうと、グルムブルが剣を振りまわすが、アルマークは斧槍を振るう動きの過程でごく自然にそれをかわした。

「戦士グルムブル」

もはや剽悍《ひょうかん》な北の傭兵の空気を隠そうともせず、アルマークが言った。

「あんた、僕らの基準じゃ、まだ戦士じゃないな」

「なに」

次の瞬間、盾に衝撃。グルムブルは不意を突かれたようによろめいた。今までよりもさらに強烈な一撃だった。それと同時にアルマークが跳躍する。グルムブルは迎え撃とうと剣を振りかざすが、それをはるかに上回る速度で、斧槍が死神の鎌のごとく宙に弧を描いた。とっさにかざした盾の縁で、斧槍が激しく火花を散らす。

〝大盾〟のニナングだったら、もっと完璧に防ぐ。

ゼール迎撃傭兵団の百戦錬磨の傭兵の姿を思い出しながら、アルマークは着地と同時に身体を捻った。グルムブルの剣がローブをかすめて空を切る。

〝双剣〟のアーウィンの斬撃は、もっと遥かに鋭い。

剣をかわされて伸びきったグルムブルの右腕を、跳ね上げた斧槍の柄がしたたかに打った。グルムブルがまたよろめく。

〝陸の鮫《さめ》〟アンゴルだったら、このくらいじゃびくともしない。

「図に乗るなよ」

グルムブルが劣勢を跳ね返すように、怒声とともに前に出た。その巨体を利してアルマークを弾き飛ばそうとするが、アルマークは重心の移動とわずかな運足だけで身をかわした。

〝銀髑髏《どくろ》〟ギザルテの踏み込みは、もっとずっと速かった。

アルマークは、グルムブルの盾を持つ左腕に目をやり、瞬時にその距離を測る。

勢いをつけて斜め上から振り下ろされた斧槍の刃が、盾をかいくぐってグルムブルの左腕に食い込んだ。

〝影の牙〟レイズなら、たとえどんなに。

刃が岩に食い込むような感覚。だが、アルマークはそこに自分の速度と体重の全てを乗せた。

たとえどんなに堅かろうが絶対に斬り落とすんだ。僕の父さんなら。

破砕音とともに、グルムブルの左腕が盾を握ったまま地面に転がった。

「貴様、まさか」

グルムブルが、初めて狼狽《ろうばい》の色を見せた。

「まさか北の民か」

斬り飛ばされた左腕を庇うように、よろめいて後退する。

「北の民なのか。どうしてこんなところに、貴様ら北の民がいるのだ」

北の民、と口にするたび、闇の戦士の声が恐怖で震えた。だがグルムブルの問いに、アルマークは答えなかった。再度、斧槍の連撃。

「やめろ、来るな」

必死に剣で防ぎながら、グルムブルが叫ぶ。

「北辺の祝福されぬ民、背くことを恐れぬ死にたがりどもめ。なぜ貴様らがここにいる、神聖なこの場所に」


いいか、アルマーク。俺たち傭兵が命を懸けるときはな。


父の言葉に導かれるように、アルマークは突っ込んだ。

闇の中に、炎を反射した斧槍の刃がきらめく。

覚えておけ。得物が長いときほど。

思い切り、グルムブルの懐に飛び込むように。足元の石畳を割らんばかりに踏み込む。

もう一歩、前だ。

斧槍の穂先が、グルムブルの漆黒の胸をまっすぐに刺し貫いた。背中まで穂先が突き抜ける、強烈な一撃だった。

「があぁっ」

グルムブルが絶叫する。

「僕の勝ちだ」

アルマークは言った。

「認めろ、グルムブル。お前の負けだ」

「おのれ、忌まわしき北の民め。またも余計な邪魔立てをする気か」

グルムブルが叫んだ。その身体が、足元から霧に変わっていく。闇の力を孕《はら》んだ、黒い霧に。

そしてアルマークはそのときを待っていた。

「ウェンディ！」

アルマークは叫ぶ。斧槍を引き抜くとき、胸の古傷が、ちり、と痛んだ。

ウェンディは。僕の戦いを目にしたウェンディは、今どんな顔をしているだろうか。覚悟していてもなお、膝の震えるような恐怖があった。だが、この好機を逃すことはできない。

逡巡は一瞬だった。アルマークは祭壇を振り返る。そしてそこで、意外なものを目にした。祭壇が真っ白い霧に包まれていた。両手を掲げてそこに立っていたモーゲンが、アルマークに力強く頷く。


ああ、そうか。

アルマークはモーゲンのその顔を見ただけで全てを理解した。

それは、霧の魔法だった。

＊＊＊

グルムブルに向かって斧槍を構えたアルマークの雰囲気が変わったことは、背後で見守っていたモーゲンにもはっきりと分かった。

それは、冬の屋敷で垣間《かいま》見《み》せたもう一人のアルマークだった。魔法学院の生徒ではなく、北の傭兵の息子としてのアルマーク。それが伝わったようで、対峙するグルムブルも「顔つきが変わった」

と口にする。

だが、冷たい北の雰囲気をまとったのはごく一瞬だった。アルマークは躊躇《ためら》うような目でちらりとウェンディを見て、それからまたぎこちない動きのままグルムブルの攻撃に弾き飛ばされた。

モーゲンはとっさにアルマークを援護しようとしたが、ウェンディの方が速かった。光の矢がグルムブルの身体を叩き、追うようにウェンディのまっすぐな声が響く。

「頑張って、アルマーク！」

アルマークの顔が苦しそうに歪んだ。それを見たモーゲンは理解した。

こんな僕にもできることがあった。

モーゲンは両腕を大きく広げた。

僕はアルマークのようには戦えない。ウェンディのように速く正確な魔法も使えない。でも、僕にしかできないことがあるじゃないか。アルマークとウェンディ、二人の友達として、僕にはやらなきゃならないことがあるじゃないか。

モーゲンは知っていた。アルマークがウェンディに、自分が北の傭兵の息子であると知られることをひどく恐れていると。

魔法で僕を助けてくれ。アルマークはそう言った。それは、戦いの援護のことだけじゃなかった。

僕には、僕の役割がある。そうだろ。

モーゲンが頭上に突き上げた両腕から白い霧が噴き上がる。

「えっ、モーゲン」

背後でウェンディの戸惑った声がした。

「それじゃ見えない」

「僕に考えがあるんだ」

モーゲンは叫んだ。

「ちょっと我慢していて」

白い霧はたちまちのうちにウェンディの立つ祭壇を覆い尽くした。

＊＊＊

霧の魔法。それは、アルマークが初めて習った魔法だった。一年生のエルドがそれでシシリーを守ったように、今モーゲンが僕を守ってくれた。

アルマークの目の前で、グルムブルの身体が完全に黒い霧に変わる。

「モーゲン」

アルマークは叫んだ。

「頼む」

「任せて」

モーゲンはもう一度腕を振り上げて、自分の作った白い霧を消し飛ばす。視界が晴れ、祭壇の上にキュリメを守るように凛と立つウェンディの姿が見えた。

ごおっ、という風の音。アルマークは、それが何の風なのか知っていた。北の冷たく厳しい風ではない。これは、南の温かい風。冬の屋敷でもアルマークたちを助けてくれた、モーゲンの風だ。

風の術に押され、霧が祭壇の方へと流れていく。

「ウェンディ！」

モーゲンが叫んだ。頷いたウェンディが、櫃の蓋を大きく開け放つ。強い闇の力に反応してか、櫃は先ほどとは比べものにならない力で闇を引き寄せた。

「があっ？」

霧の中からグルムブルの叫び声が響く。

「貴様ら、まさか」

まず、ウェンディを襲おうとしていた黒い触手がその形を崩した。流されてきた本体の霧と一緒になって、たちまちのうちに櫃の中へと吸い込まれていく。それでもグルムブルは抵抗を試みた。

櫃の上で、霧の一部が凝固してグルムブルの顔を形成する。だが、それはもうすっかり薄れて、その場に留《とど》まり続けることもできないものだった。

「おのれ、小癪《こしゃく》な真似を」

グルムブルは叫んだ。

「許さぬぞ」

しかしもはやそれは虚勢でしかなかった。

「帰りなさい、戦士グルムブル」

ウェンディが、モーゲンの風にさらに自分の力強い風を乗せる。

「あなたが元いた闇の世界へ」

「ぐおお」

グルムブルの顔が崩れ、櫃へと吸い込まれていく。その顔が、ぐい、とアルマークに向けられた。

「そうか、思い出したぞ。アルマークか」

苦々しげに、闇の戦士は言った。

「貴様の名はアルマークであったか。もっと早く気付くべきであった」

喋《しゃべ》るうちからその顔は崩れ、最後に残ったのはもはや奇怪な甲虫のような舌だけだった。

「血と、力」

その舌も砂のように崩れて吸い込まれていく。櫃の中から、グルムブルの断末魔の絶叫が聞こえた。

「心せよ、貴様らは必ずやその重さに圧《お》し潰されることになろう」

叫びは、不意に途切れた。ウェンディが櫃の蓋をしっかりと閉め直したからだった。

強く漂っていた腐臭が消え、さっきまでの喧騒《けんそう》は何だったのかというほど唐突に、広間は静まり返った。

一瞬の静寂。

「ウェンディ！」

最初に声を上げて駆け出したのは、アルマークだった。放り出された斧槍が床を転がる音が響くと、モーゲンも我に返ったようにそれに続いた。駆け寄ってくる二人に、涙を目にいっぱいに溜めたウェンディが両腕を広げる。

「アルマーク。モーゲン」

三人は祭壇の上で、しっかりと抱き合った。

「よかった、二人とも」

「ウェンディ」

抱き合いながら、アルマークはもう一度その名を呼んだ。自分を見つめるウェンディの目に、憎しみの色が微塵《みじん》もないことが嬉しかった。一度はもう諦めかけたその眼差《まなざ》しに、アルマークの胸は詰まった。

「本当によかった」

ウェンディは涙を拭う。

「モーゲンが急に霧の魔法を使って、向こうが見えなくなったから、すごく心配だったの。でも、そのおかげでグルムブルを霧に変えられたのかしら」

「ああ、ええと」

言葉に詰まったアルマークの代わりにモーゲンが笑顔で頷いた。

「うん、僕の霧であいつの視界を遮ってやったんだ。そうしたら、アルマークを探すのが面倒になったんだろうね。あいつも霧に姿を変えたんだよ」

「モーゲン、すごい」

ウェンディが声を弾ませて、モーゲンのふかふかの頬に手を当てる。

「私、そんなこと思い付きもしなかった。ね、アルマーク」

「うん。僕も諦めかけたんだ」

アルマークはそう言って、それから心からの感謝を込めてモーゲンのもう片方の頬を撫《な》でた。

「ありがとう。モーゲン」

「ちょっと、二人とも」

モーゲンはくすぐったそうに身をよじった。

「やめてよ」

それを見て、アルマークとウェンディは顔を見合わせて笑う。だが、三人が勝利の余韻に浸ったのは、そこまでだった。

「あいつがいなくなった以上、ここを早く出た方がいいと思うの」

真顔になったウェンディが言った。

「アルマーク、覚えてるでしょ。校舎にあるマイアさんの隠し部屋だって、お昼の時間を過ぎたら入れなくなっちゃったのを。だからこの遺跡だって」

「そうか」

アルマークは頷く。

「日食が終わってしまったら、僕らが下りてきたさっきの穴も消えてしまうのかも」

「それはまずいね」

モーゲンも顔色を変えた。

「お菓子がもう残ってないんだ。食べ物もなしで、この遺跡の中を探検するのなんてごめんだよ」

「行きましょう」

「うん」

アルマークがキュリメを抱きかかえ、三人は元来た通路を駆けた。紋章の描かれた扉をウェンディが開けると、三人の顔に太陽の光が照り付けた。

「まだ空が見えるわ」

三人は扉の外に飛び出した。日差しがすっかり強くなっている。もう日食はほとんど終わりかけていた。

「蔓は」

アルマークは自分たちが下りてきた蔓に目を向けた。だが、グルムブルの放った闇の力で腐り落ちて使い物にならなくなっていた。

「あれじゃだめだ」

モーゲンがそう言ったときだった。

世界がきしんだ。その感覚を、アルマークは覚えていた。最初に穴が開いたときと同じだった。

だが、今度はその感覚がさっきよりもずっと強かった。

「うわっ」

「なにこれ」

今度はモーゲンとウェンディにもその感覚があったようだ。二人が悲鳴を上げる。きしむ世界の中で、五感が自分の身体から剝《は》がれ落《お》ちていく。三人は、そのまま意識を失った。

＊＊＊

「闇の戦士を退けたか」

ウォリスは呟いた。それから、暗く微笑む。

「それにしても、あの門番」

闇の戦士グルムブル。おそらく、その本来の役割は扉の守護と、立ち入る者の選別。闇の力はその動力として使われているに過ぎず、人間への敵意も血に飢えたような凶気もそこに内在してはいなかったはずだ。だが。

「すでにタガが外れかけていたじゃないか。門番が聞いて呆《あき》れる。すっかり闇の奴隷《どれい》に成り下がっていた。所詮、ただの人間に闇を制御することなどできはしないんだ」

だから、喰らうんだ。操るとか制御するとか、そんな生ぬるい小手先の技術ではなく。闇を喰らい、血と肉にするんだ。それは選ばれた、そして選ばれなかった僕にしかできないことだ。

と、不意にウォリスは口を手で押さえて膝をついた。

「近い。始まったな」

苦しそうに呟く。

「もう来るのか」

＊＊＊

「ねえ、三人とも起きて」

遠慮がちな声に、アルマークは目を開けた。彼の顔を困惑した表情のキュリメが覗き込んでいた。

「ああ、キュリメ」

アルマークは上体を起こし、ここが元の古い石碑の前で、ウェンディとモーゲンも自分と同じように伸びた芝生の上に横たわっているのを確認する。

「大丈夫？　アルマーク」

「君こそ大丈夫かい」

「え、何が？」

キュリメは目を瞬かせる。

「いや、ええと」

「キュリメ！」

「目が覚めたんだね！」

アルマークに続いて目を覚ましたウェンディとモーゲンにも心配され、キュリメはますます困惑した顔をした。

キュリメの話では、セラハと別れて日食を見るための場所を探しているときに、ここに迷い込んだのだという。そこからの記憶がなく、気付いたらここでアルマークたちと横になっていたのだと。

アルマークたちは顔を見合わせた。

「何があったの？」

キュリメに尋ねられ、三人は説明しようにも何の証拠もないことに気付く。

「あのね、キュリメ。信じてもらえないかもしれないけど」

ウェンディは自分でも混乱した顔で、それでも説明を始める。キュリメの身体には、闇が入り込んだのだ。きちんと説明しなければならない。だが、どこまで話すことができるのか分からないので、ウェンディにしては珍しくしどろもどろの説明になった。見かねたアルマークとモーゲンも横から口を出すのだが、二人も話せること話せないことがぐるぐると頭の中で回っているので、口を出すほどに話は混乱し、結果、三人の話は全く要領を得ないものとなった。

きょとんとした顔で三人の顔を見つめていたキュリメは、ふと微笑んだ。心配そうな三人の顔を代わるがわる見つめた後で、呟くように言う。

「三人の話を聞いて思い出したわ。私、夢を見ていたの。あなたたち三人が助け合いながら、何かすごく怖いものと戦う夢。三人ともそれぞれに傷ついて、それなのに自分のことよりも他の二人のことを思い合って」

キュリメは少し羨ましそうな顔で言った。

「すごくかっこよかったわ」

仲間

今日の補習はないと告げていたにもかかわらず魔術実践場に姿を見せたアルマークに、イルミスは意外そうな顔をした。アルマークに続いてウェンディ、モーゲン、キュリメがぞろぞろと入ってくるのを見ると、眉をひそめる。

「珍しい顔ぶれだな」

イルミスは言った。

「日食は見られたかね」

「はい」

アルマークが返事をし、他の三人も頷く。

「そうか。それで」

イルミスは四人の前に立った。

「私に何か用かね」

「実は」

代表して口を開いたのはアルマークだ。

「日食のときにおかしなことが起きたんです」

「魔法を使おうとしたのか」

「いえ」

アルマークは説明した。日食の庭園に現れた謎の穴。その底で倒れていたキュリメとそこにあった遺跡、突如現れた闇の力を持つ戦士。扉の奥の祭壇と石櫃。さっきキュリメに説明したときよりはだいぶ整理できていたが、それでもアルマークの説明では足りない部分を、ウェンディとモーゲンが補足する。

三人の話を聞くにつれ、イルミスの表情は険しくなった。

やがて、説明を聞き終えて、ふうむ、と唸ったイルミスにアルマークは尋ねた。

「先生は、あの遺跡のことはご存じでしたか」

「いや」

イルミスは首を振る。

「庭園の地下にそんな遺跡があるなどという話は、聞いたことがない。森のずっと奥に入れば、中等部や高等部が実習で使う古い遺跡があるにはあるが」

「じゃあそれと繋《つな》がってるのかも」

モーゲンが興奮した声を上げた。

「きっとこの島の地下は全部古代の遺跡になってるんだ」

「その可能性は低いだろう」

イルミスは静かにモーゲンの言葉を否定する。

「森の奥の遺跡は構造が解明されている。庭園の下まで延びるほどに長い通路があればとっくに発見されているだろう」

「そうですか……」

「この島には、その歴史も含めて謎が多い」

イルミスはがっかりした顔のモーゲンを慰めるように語気を和らげた。

「学院がこの島にあるのも、その辺りに理由が隠されているのかもしれないな。それはそうと、キュリメ」

イルミスは最も口数の少ない女子生徒の名を呼んだ。

「君は何も覚えていないと言ったね」

「はい」

キュリメは神妙な顔で頷く。

「さっきもちょっと話しましたが、庭園の奥で静かな場所を見つけたところまでは覚えてるんです。そのときにはもう日食が始まっていたから、急いでセラハを呼びに行こうと思って。そうしたら急に目の前が真っ暗になって……」

キュリメは目を伏せた。

「気付いたら、ウェンディたちと一緒に芝生の上で寝ていたんです」

「ふむ」

イルミスはキュリメの前に立った。

「目を見せてみなさい」

自分を見上げるキュリメの目をイルミスは鋭い目でしばらくの間覗き込んでいたが、それから彼女の肩を軽く二度叩いた。

「闇の力は感じない」

イルミスは言った。

「とはいえ、何か心身に不調があったならすぐにフィーア先生に申し出なさい」

「分かりました」

ほっとしたようにキュリメが頷く。全く記憶にないとはいえ、自分の身体の中に闇のような霧が入っていたと聞かされればいい気分はしない。やはり心配だったのだろう。

「よかった」

「うん」

ウェンディとモーゲンが安心したように顔を見合わせる横で、アルマークはキュリメの髪の毛を見た。

「でもキュリメ、君の髪には血が付いてたんだ。あれは何だったんだろう」

「私に聞かれても」

キュリメが困った顔をする。

「どこにも怪我はしてないのよ」

「僕らは、君があの穴に落ちて怪我をしたと思ったんだ。でも血が付いているだけで怪我はないし、それに」

アルマークはイルミスを見た。先生なら、分かるだろうか。アルマークは、遺跡でウェンディたちと話し合った推論をイルミスにぶつけた。

魔力が不安定になる日食という特殊な状況で、王家の血を引くウェンディが石碑に触れたことによって遺跡が姿を現したのではないか。それに続く一連の出来事もウェンディが触れることが鍵となって起きたのではないか、と。

「ただ、この推理の通りだとすると、穴の底に倒れているキュリメを僕らが見つけるわけはないんです。もしもキュリメが王家の血を引いていたのなら話は別ですけど」

「まさか」

キュリメが慌てて両手を顔の前で振る。

「私、ただの平民の娘よ。そんなこと、みんなだって知ってるでしょ」

「ふむ」

イルミスは顎に手を当てた。この痩せぎすの教師がそういう仕草をすると、理知的な雰囲気がさらに増して見えた。

「これはあくまで思考実験としての意見だが」とイルミスは前置きした。

「もう一つ条件を足せば、君たちの推理とキュリメがそこに存在したことを問題なく両立させることができる」

「えっ」

アルマークはウェンディやモーゲンと顔を見合わせる。

「その条件って何ですか」

「君たちがその穴を見つけたのは、日食が始まってから時間がしばらく経《た》ってからのことだったね」

「はい、そうです」

アルマークは答えた。庭園でウェンディたちとしばらく日食を眺めて、それからあの石碑の場所へ行ったのだ。ウェンディとモーゲンも頷く。イルミスは次にキュリメに目を向けた。

「キュリメ。君はさっき、日食がもう始まっていたのでセラハを呼びに戻ろうとしたら目の前が突然真っ暗になった、と言った。そうだね」

「はい」

キュリメも頷く。

「つまりキュリメが意識を失ったのは、日食が始まってからまだ間もないときのことだ。キュリメが意識を失ってから、君たちが同じ場所を訪れるまでには、ある程度の時間がある。だから、君たちの他に誰かもう一人、ウェンディと同じように遺跡を開くことのできる人間がいて、日食が始まったと同時に遺跡の入り口を開いたのだとしたら」

　イルミスは言った。

「そして、キュリメはそのときに起こった何かに巻き込まれて穴に落下し、負傷してしまった。穴を開けた誰かは、キュリメの怪我を治療した後で、君たちの到着よりも前に立ち去った」

　イルミスはアルマークたちの顔を見る。

「ということだとすれば、矛盾はないと思うが、どうかね？」

「……はい」

　アルマークは頷いた。イルミスの言う通りだ。そうであれば、確かに筋は通る。

「でも、いったい誰が」

「決まってるじゃないか、ガライ王家の人だよ」

「そんな人、学院にいないわよ」

　モーゲンの言葉にウェンディが首を振る。

「だけど確かに先生のおっしゃる通り、それなら矛盾はないわ」

「うん」

　勢いづくアルマークたちをたしなめるようにイルミスは首を振った。

「私が言ったのはあくまでも、君たちの話を総合するとこういう結論が導き出せるのではないか、というただの思考実験だ。実際にそういう人物がいたのか、いたとしてそれは誰なのか、そんなことまでは分かりようがない」

「……そうですよね」

「そんなことよりも、とりあえず全員に大きな怪我がなくて何よりだ」

イルミスは改めて目の前の生徒たちを見回す。

「アルマーク、ウェンディ、モーゲン。君たちもキュリメ同様、もしも心身に異常があればすぐに申し出なさい。もしも君たちの話が真実なら、君たちは本物の闇の力と対峙したことになる。闇の力の影響を甘く見ないことだ」

「はい」

アルマークたちが返事をすると、イルミスはその顔を見て表情を緩めた。

「不満そうな顔をしているな、モーゲン」

「いえ、その」

モーゲンが口ごもると、ウェンディがその気持ちを代弁した。

「私たちの話が真実なら、と先生が前置きされたからだと思います。先生は私たちが揃《そろ》って白昼夢でも見ていたとお思いですか？」

「全ての可能性を言葉に含めたまでのことだ」

イルミスは言った。

「君たちを信じていないわけではない。だがその場にいなかった私が、君たちが全てをありのままに見たのだと無条件に信じるというのもまた無責任だろう。本当の闇ではなく闇に擬された何かである可能性も、誰かに幻術の類いをかけられた可能性も、ないとはいえない」

「あれは、本物の闇でした」

アルマークは静かに言った。

「間違いありません」

「自分たちを疑えと言っているわけではない。君たちは自分の見たこと、経験したことを信じればいい」

イルミスは目を細めた。

「君たちの身に、何か大きな試練が降りかかったことは間違いない。そんなことは君たちの顔を見ればすぐに分かるのだから。アルマーク、ウェンディ、モーゲン」

イルミスは三人の教え子の名を呼んだ。

「成長したな。少なくとも、今日を境に君たちの中で何かが変わった。そうだろう」

アルマークたちは顔を見合わせる。

今日を境に。アルマークはウェンディの目を見て、それからモーゲンの目を見た。自分の大事な友人たちの目を。

そうだ。もしも今日のようなことがまたあったとして。

アルマークは闇の戦士グルムブルの圧倒的な闇の力を思い出す。もしも再びあんな凶暴な力を前にしたら、もう僕はウェンディを守るために北の戦士としての力を使うことを躊躇わないだろう。
もう一歩前だ。力強い父の言葉が蘇る。北の僕と今の僕とを切り離すことはできない。今日はモーゲンが僕を守ってくれたけれど、もし次はモーゲンがいてくれなかったとしても。アルマークはもう一度ウェンディの目を見た。ウェンディもまっすぐにアルマークの目を見つめ返す。ウェンディ、僕はそれでも君を守るよ。

自分が踏みとどまることで、他の人に被害が及ぶのを防ぐことができたウェンディ。友達のために勇気を奮うことの難しさを知りながら、今日もそれをやってのけたモーゲン。それができたのは、三人が自分のためではなく、仲間のために戦ったからだった。

三人はしばらくお互いの目を見つめ、それから、誰からともなく頷いた。

そんな彼らの様子を見て、キュリメが少し拗《す》ねたように言った。

「先生、そうなんです。この三人、今日は何だかすごくかっこいいんです」

＊＊＊

結局、モーゲンの放課後の特訓場所は、森へ向かう道の目立たない茂みの裏に決まった。アルマークとモーゲンはそこで武術大会までの残り少ない日々、特訓に励んだ。

日食の一件以来、モーゲンの動きには自信がついてきていた。百度の訓練よりも、一度の実戦。

父がよくそんなことを言っていたのをアルマークは思い出す。

これなら、武術大会に間に合うぞ。アルマークがそう確信したのは、武術大会直前のことだった。

学院長室の扉がノックもなく開かれた。入ってきた小さな老婆を見て、ヨーログはペンを持つ手を止めて微笑む。

「これはこれは、マイアさん。こちらまでお越しとは珍しい」

腰を直角に曲げたままマイアはすたすたと部屋を横切り、さっさとソファに腰を下ろした。

「武術大会の案内看板がちゃんと全部立てられてるのか、最後の点検をしてきたついでだよ。一応は学院長らしい仕事もしてるようじゃないか」

「なに、学院にいるときには書類仕事もしておきませんと、どんどん溜まるばかりになってしまいますからな」

「そんな立場のくせに世界中を飛び回ってるからさ」

マイアは皮肉な口調でそう言ってから、執務机に座ったままのヨーログをじろりと見た。

「日食の日に、庭園の石碑の穴が開いたね」

「はい。お気付きでしたか」

「あんなにいっぺんに闇が噴き出せば、気付かないわけがないだろう。それにしてもイルミスが子供から聞いた話じゃ、あそこの門番、闇に侵食されてすっかりおかしくなってたそうじゃないか」

マイアは鼻を鳴らした。

「古の魔術師の技術が聞いて呆れるよ」

「伝説的な古の魔術師たちにとっても、予想外だったでしょうな」

ヨーログは頷く。

「闇の力を高度な魔術で完全に制御することにより、その強い力だけを抽出して利用する。彼らのその理想も、結局は人の時間の基準に当てはめたもの。人の一生を遥かに超える時の経過の前には虚しかったということですな」

「人の魔術は劣化するけど、闇ってのは劣化しないからね」

マイアは言った。

「全てを歪ませ、狂わせるのが闇の力なんだ」

「それでもやはり魅力的なのでしょうな。炎や風や水と同じように、闇を単なる力として自由自在に扱うことのできる技術というのは」

「闇を他の力と同じように、か。本気でそんなことを言っていた男が昔、学院にもいたね」

マイアは目を細める。

「あれは確か、イルミスの同期の生徒だったかい」

「よく覚えておいでだ」

ヨーログが感心したように頷くと、マイアはまた面白くなさそうに鼻を鳴らした。

「いずれにしても、人が扱うには過ぎた力なのさ」

「けれど、今回アルマークたちはそれを退けました」

ヨーログの青い目がきらめく。

「彼らは力を合わせ、誰一人欠けることなく本物の闇を退けたのです」

「試練を乗り越えた、とでも言いたいのかい」

「ええ、見事に。それに、祭壇の石櫃も開けたと」

「なんだって」

マイアが鋭い声を発する。

「まさか」

「中は空洞だったそうです」

ヨーログの言葉に、マイアはほっと息を吐いた。

「時はまだ満ちていなかったんだね」

「とはいえ、そう遠くはありますまい。ここへ来て、運命の渦は加速度的にその速さを増しています」

「あんたが掻《か》き回《まわ》してるんだろう」

「まさか」

ヨーログは心外だと言わんばかりに首を振る。

「私などは単なる観測者に過ぎません。渦に竿《さお》を挿すなら、そのときはこの命を懸ける覚悟が必要でしょう」

「いずれはそうする気だとでも言いたそうだね」

マイアの言葉に、ヨーログは今度は何も答えなかった。

「やれやれ。このぶんじゃ、今年は武術大会も穏やかには済まなそうだね」

マイアはため息をつく。

「子供たちはあんなに一生懸命練習してるってのにさ」

「大会を無事に運営するのは、教師の務めと心得ています」

ヨーログはそう言って静かに微笑んだ。

「武術大会もやはり、この学院の生徒たちが魔術師になる上で必要なものなのですから」


いよいよ武術大会を翌日に控えた朝。アルマークたちは最後の練習に集まった。

「今日の練習で最後だ。悔いの残らないようにやろう」

アルマークの言葉を合図に、八人の少年は各々散らばって練習を始める。

「トルク、今日こそお前を倒す！」

熱くなっているネルソンにアルマークは、「ネルソン、本番は明日だぞ」と釘《くぎ》を刺した。

「分かってるよ。覚悟しろ、トルク！」

「ほざけ、返り討ちだ」

笑って応じるトルクにも念のため釘を刺す。

「二人とも絶対に怪我するなよ」

アルマークは、レイドー、ガレイン、デグ、ピルマンと順番に見て、彼らに最後のアドバイスを送り、そして最後に黙々と一人で練習していたモーゲンに声をかけた。

「モーゲン、仕上げといこう」

「分かった」

モーゲンが緊張した面持ちで頷く。

「モーゲン。今日が最後だから、練習の後で……」

アルマークが耳打ちすると、モーゲンの顔からさっと血の気が引いた。

「えっ？」

「怖いかい？」

アルマークは微笑んだ。

「でも、僕は君ならできると思う」

「そ、そんなの」

無理だよ、と言いかけて、モーゲンはアルマークを見た。地下の遺跡でのアルマークの戦いを思い出したのだ。

モーゲンが霧の魔法でウェンディの視界を遮ってからのアルマークの戦いは圧巻だった。まるで何かから解放されたかのような、荒々しくも洗練された動き。その全てが、相手を殺すという一点に集約されているのだということが素人のモーゲンにさえ分かった。アルマークの人となりを知っているモーゲンですら、見ているだけで背筋が寒くなるような、激しく容赦のない戦いだった。

あんな戦いをするアルマークが、できると言ってくれている。その言葉をモーゲンはもう一度噛《か》み締《し》めた。アルマークは嘘《うそ》を言うような人間じゃない。それなら、きっと僕にはできるはずなんだ。

「分かった」

モーゲンは頷いた。

「やるよ」

最後の練習時間は、瞬く間に過ぎていった。

「どうだ、おらぁ！」

汗だくになったトルクが勝利の雄叫《おたけ》びを上げた。

「ちっくしょう！　ちっくしょう！」

ネルソンが地面を何度も叩く。

「これで俺の全勝だ、見たか！」

ネルソンに勝ってトルクがこんなに喜びを爆発させるのは初めてだ。それだけ追い詰められたということなのだろう。アルマークは二人に声をかけた。

「いい勝負だったよ。二人ともほとんど互角だ」

「互角じゃねえ。目玉ついてんのか。俺の方が上だ」

トルクが言い、ネルソンが「ほら、アルマークも互角だってよ！」と言い返す。

「ああ？」

「まあ、そこは二人で決めてもらうとして」

アルマークは興奮している二人を押《お》し止《とど》めた。

「トルク」

「あ？」

「疲れてるところ悪いけど、最後にお願いがあるんだ」

「なんだよ、めんどくせぇな」

トルクが顔をしかめる。

「モーゲン！」

アルマークは振り向いてモーゲンを呼んだ。青い顔をしたモーゲンが歩いてくる。

「最後に、モーゲンと試合してくれないか」

「モーゲンと？」

トルクが目を剥《む》く。

「嘘だろ、お前」

トルクはモーゲンを見て首を振った。

「なんで俺がモーゲンなんかとやらなきゃいけねえんだ」

「なんかってことはないだろ」

「俺とやったって本番前に自信なくすだけだろうが。ピルマンとでもやらせておけ」

「それはやってみなきゃ分からないだろう。ほら、モーゲン」

アルマークはモーゲンの背中を軽く押す。モーゲンはぎこちなく頷いた。

「ト、トルク。ぼ、僕と試合してくれ」

モーゲンが真っ青な顔でつっかえつっかえそう言うと、トルクは面食らったようにモーゲンの顔を見た。

「お前、本気かよ」

モーゲンが頷くと、自分が舐《な》められたと思ったのだろう、トルクの顔にいつもの凶暴性が露わになる。

「気は確かなんだな」

低い声でそう言われ、モーゲンはびくりと肩を震わせた。けれど、真摯な眼差しでトルクを見据える。

「うん。本気だ」

トルクはアルマークに視線を向けた。彼の表情に変化がないことを見て取ると、ちっ、と舌打ちして剣を拾う。

「明日の試合に出られなくなっても知らねえぞ」

「トルク、手加減なしで頼むよ」

アルマークがその背中に声をかけると、トルクは噛み殺しそうな表情で振り返った。

「モーゲンが終わったら次はてめえだ」

それに構わず、アルマークはモーゲンの肩を叩く。

「モーゲン、練習通りにやればいい」

「う、うん」

モーゲンは硬い表情のままで頷く。その顔に緊張こそあれ、恐怖の感情の見えないことがトルクをさらに苛立《いらだ》たせた。

何だ、この野郎。臆病者のモーゲンのくせに、今日は俺にびびってねえってのか。

二人が剣を持って向かい合うと、思わぬ成り行きに、他の五人もいつの間にか静まり返っていた。

「おい、大丈夫かよアルマーク」

アルマークに身体を寄せたネルソンが囁く。

「トルクのやつ、さっき俺とやったばかりでまだ興奮してるぞ。ほんとにモーゲンに怪我をさせちまうかも」

「大丈夫」

アルマークは自信たっぷりに頷いた。

「みんなに本当のモーゲンを見せるよ」


トルクが呆然《ぼうぜん》とした顔で、モーゲンを見上げる。トルクを倒したモーゲンも、信じられないという顔でトルクを見下ろしている。

当事者の二人だけではない。誰もが時間が止まったかのように、信じられないものを見たという表情で固まっていた。毎日のようにトルクと戦って、とうとう一度も勝てなかったネルソンも「嘘だろ……」と一言呟いたきり、呆然としている。

「ぼ、僕……」

勝ったモーゲンが、どうしていいか分からずおろおろと呟いたとき。

「よし。それでいいんだよ、モーゲン」

アルマークが手を叩いてモーゲンに笑いかけた。

「練習通りだ」

「……アルマーク、てめえ。こんな戦い方」

トルクが尻餅をついたまま、アルマークを見上げてそう言うが、毒気を抜かれたようにその言葉にもいつもの迫力がない。

「ありがとう、トルク。これで明日はモーゲンも戦える」

アルマークはそう言ってモーゲンの肩を両手で摑んだ。

「言っただろう、モーゲン。君が役立たずなんかじゃないって僕が証明してみせるって」

そう言われても、モーゲンはまだ青い顔のまま、どうしていいか分からないようだった。

＊＊＊

それは、モーゲンがトルクを倒した最後の練習から遡ること一日前のことだった。

放課後の補習を終えて寮への帰り道を急ぐアルマークの前方に、ぽつりと小さな灯が見えた。ランプの灯《あか》りか、それとも灯の術か。

誰だろう。近付いてみると、道端の大きめの石の上に一人の少女が腰掛けていた。右手のひらの上に出した炎をふわふわと揺らして弄んでいる。

見たことのない少女だった。ほっそりとした、華奢《きゃしゃ》な身体をしている。白い肌と対照的な黒い髪。

年齢はちょうどアルマークと同じくらいだ。

少女は近付いてくるアルマークを見て「あ」と声を上げて笑顔を見せた。

「あなた、アルマークでしょ」

名前を呼ばれ、アルマークは立ち止まる。

「僕を知ってるの」

少女はにこにこと笑顔で頷く。

「僕は、君を知らない」

アルマークが言うと、少女は笑顔のままで立ち上がった。炎がふわりと揺れる。

「アルマーク。私は知ってるよ。あなたの名前はアルマーク」

歌うように少女は言う。アルマークが見つめる前で、少女は彼に背を向け、ゆっくりと校舎の方へと歩き出していく。

「どこへ行くの」

アルマークが声をかける。

「君は……」

誰、と言おうとしたアルマークを、不意に振り返った少女の言葉が遮った。

「気を付けて、アルマーク」

それまでと打って変わったその真剣な口調に、アルマークは思わず口をつぐむ。

「明後日の武術大会……悪い力が来るよ」

真剣な、暗い眼差し。アルマークをはっとさせるほどに。

「悪い力？　それって」

そのとき、突然強い風が吹いた。少女の手の上にあった炎が掻《か》き消《け》されるようにして消え、辺りを闇が包む。ようやく闇に目が馴れてから、アルマークが目を凝らして探しても、もう少女の姿はどこにもなかった。

寮がようやく見えてきた頃、アルマークは先ほどの少女が制服のローブをまとっていなかったことを思い出していた。

あれは誰だったんだろう。悪い力って、何だろう。アルマークはぼんやりと考えた。

閑話 北の傭兵《ようへい》の息子が初めて剣を握った日

武器庫代わりに使われている大きな古いテントの奥に、それは立てかけられていた。足を踏み込むとテントの中にこもっていたかび臭いにおいが鼻を衝《つ》いたが、アルマークは構わずゆっくりと近付き、それの前で足を止めた。

まるで熱せられた火掻《ひか》き棒にでも触れるかのように、おそるおそる手を伸ばす。

鞘《さや》に触れた瞬間、本当にそれが灼《や》けていたかのような感覚が指先に走り、アルマークは慌てて手を引っ込めた。だがすぐに、それが自分の勘違いだったことに気付く。冷たさは、時に熱さと同じように感じられるものだ。意を決して、もう一度そっと触れてみる。磨かれ、鍛え上げられた鉄の刃《やいば》を包む鞘は、ひどく冷たかった。

両手で柄《つか》を摑《つか》み、持ち上げてみようと力を込める。だが、剣はびくともしなかった。重い。本物の剣とは、これほどまでに重いのか。父レイズは同じ大きさの剣をまるで枯れ枝でも振るうかのように軽々と操るというのに。

お前には無理だ。

剣にそう言われている気がした。お前には、俺を扱う資格がない。なぜならお前は傭兵にはなれないからだ。アルマークの胸はざわめいた。魔術師になれと父に言われたんだろう？　戦士の後ろに隠れて奇妙で陰険な術を使う、あの連中のようになれと。

アルマークは剣の柄からそっと手を離した。大人が持ってさえ長いその剣は、ただそこに立てかけてあるだけでアルマークを拒絶しているかのように見えた。

僕には無理、か。

肩を落としてテントを出ようと振り返ったアルマークは、そこにずんぐりとした男が立っているのに気付いてぎょっとした。

「……どうしやした。帰るんですかい」

男は古傷だらけの顔をにやりと歪《ゆが》めて、低い声でアルマークにそう尋ねた。男の名は、デラク。北の戦場にその名を轟《とどろ》かせる精強、黒狼《こくろう》騎兵団において、十人組長を長く務める歴戦の傭兵だった。

「アルマークの坊ちゃん。あんた、レイズの旦那の剣を握りたくて来たんじゃねえんですか」

デラクにはお見通しだった。かつて父が愛用していた剣がこのテントにあることを、アルマークは知っていた。そして、それを握ってみたい、できることならば振ってみたい、という熱意に衝き動かされて、今日ついにここに忍び込んだのだ。

図星を突かれたアルマークはとっさに、違う、と言おうとしたが、デラクの目を見て、隠し通せるものではないと諦めた。

「僕には無理だったよ」

アルマークは言った。その声に、どうしても拗《す》ねたような響きが混じってしまうのが、自分でも惨めだった。

「僕にはこの剣は持てない」

「お前には持てない、と」

デラクは静かに言った。

「その剣が言ったんですかい」

確かに、剣にそう言われた気はした。けれど何だかデラクにからかわれている気がして、アルマークは口を尖《とが》らせた。

「剣は喋《しゃべ》らないよ、デラク」

「そうでしょうな」

デラクは真面目腐った顔で頷《うなず》いた。

「剣も槍《やり》も斧《おの》も、得物はみんな、俺を使えとも俺を使うなとも言わねえですからな。持つかどうかは、人が決める。だから持てないんなら、あんたがそう決めたんだ」

アルマークはデラクの顔を見上げた。

「父さんは」

声が震えた。

「僕に剣を握ってほしくないんだ」

直接そう言われたわけではない。けれど、聡明《そうめい》なアルマークには父の望みが分かっていた。同い年の幼《おさな》馴染《なじみ》ガルバが彼の父ゲイザックから斧の扱い方を教わるようには、自分は父レイズから剣の扱い方を教わることはできない。そう悟っていた。

だが、少年の今にも泣き出しそうな顔を見ても、デラクの表情は変わらなかった。

「剣がそう言ったんですかい」

デラクはもう一度言った。

「俺を持つな、と」

アルマークはデラクを睨《にら》み、それから立てかけられた剣を振り返った。もう一度デラクの顔を見上げたアルマークの目は、溢《あふ》れそうな涙で一杯だった。

「言ってないよ、デラク」

アルマークは言った。

「剣は、何も言ってない」

「それなら後は、あんたが決めることだ」

デラクの言葉はあくまで穏やかだった。

「剣は、重かったでしょう」

アルマークが頷くと、デラクは、剣ってのは重いもんなんだ、と言った。

「男はみんな初めて剣を握るとき、その重さに慄《おのの》くんです。何でかって言やあ、それが自分の命の重さと同じだからです」

「命の、重さ」

アルマークはその言葉を繰り返し、それから剣を見た。

「持てるのかな」

おそるおそる、アルマークは尋ねた。

「僕にも」

「さあて」

デラクは答えを与えてはくれなかった。

「俺には分からねえですな。それは、あんたの命の話だ」

僕の命の話。その言葉は、アルマークの心に響いた。アルマークは息を吸った。それから、両手でがっしりと剣の柄を摑んだ。持ち上げようとしたが、やはりびくともしない。それでも、今度は諦めなかった。

これが、僕の命の重さなら。アルマークは腰を落とし、両足に力を込めた。歯を食いしばり、全身の力を振り絞る。だったら、僕の命を全部絞り出せば、釣り合うってことだろ。

顔を真っ赤にした少年が唸《うな》り声《ごえ》を上げ、それに呼応するように鞘の先がゆっくりと地面から離れたのを見たデラクは、目を細めて小さく頷いた。

最初は持ち上げるだけで精一杯だった剣を、やがてアルマークは振ることができるようになった。剣の重さに振り回されて、足は覚束《おぼつか》なくふらついたが、それでも剣を剣として扱うことができ始めていた。

父の目を盗むようにして剣を振っていたアルマークの背中を押したのは、やはりデラクだった。

「それはもともと、あんたの親父《おやじ》さんの剣だ。盗人《ぬすっと》みたいにこそこそと人目を気にする必要なんかねえ、思いきり振りゃいいでしょう」

その言葉が、アルマークを吹っ切らせた。馬の世話や雑用の合間に熱心に剣を振るアルマークの姿に触発されたように、幼馴染のガルバも彼の隣で父親譲りの斧を振り始め、妹分のメリーも二人の応援に駆け付けた。当然、それは黒狼騎兵団の副官でアルマークの父、〝影の牙〟レイズの耳にも入ることになった。

「デラク」

レイズは渋い顔で、部下の十人組長に言った。

「さては、お前が焚《た》き付《つ》けたな」

「北の男なら、誰でもそのときが来たら剣を握るもんでしょう」

デラクは涼しい顔で答えた。

「それが早いか遅いかの違いだけでさあ」

腕を組んで唸り声を上げたレイズとは対照的に、団長の〝黒狼〟ジェルスは笑顔で彼の肩を叩《たた》いた。

「いいじゃねえか。いずれ魔術師にするからって、剣ができちゃいけねえ道理はねえだろ」

「だけどな」

「ここじゃ自分の身は自分で守れなきゃ生きてはいけねえぞ。それとも何か。魔法学院とやらに入学させるまでの間ずっと、お前が付きっきりであいつを守ってやれるとでも言うのか」

レイズとて戦乱の地に生きる人間だ。ジェルスの言葉が正しいことは分かっていた。だがレイズはそれでもアルマークに剣を教えるとは言わなかった。かといって、もうデラクを責めることもしなかったのだが。


ようやく少しずつ剣を振れるようになってきたアルマークは、デラクに自分の剣を見てくれないかと頼んだ。しかし、デラクは首を振った。

「見たって俺が教えるようなことは何にもねえですな。あんたにはいつか、レイズの旦那がきちんと教えてくれるはずだ」

「父さんは何も教えてくれないよ」

アルマークは言った。剣を振っているところはもう父に見つかってしまっていたが、意外にも父はやめろとは言わなかった。だが、何かを指導してくれることもなかった。

「そりゃ、まだあんたがその段階にいないからだ」

デラクは言った。

「あんたの剣を振る音が風を切るようになれば、レイズの旦那だって口を出さずにはいられなくなりやすぜ」

デラクの言葉は正しかった。何かに追われるような激しい修練によって、アルマークが子供には長すぎるその剣をふらつきもせずに振れるようになると、レイズはアルマークにぽつりぽつりと助言を与えた。それは指導と呼ぶにはあまりに断片的なものだったが、親子の間には言葉を超えて通じるものがあった。アルマークは父の意図をよく理解し、その剣に磨きをかけた。

その頃にはレイズは、アルマークに文字の読み書きや簡単な数の計算を教え始めていた。アルマークはそれが自分を魔術師にするための準備なのだと気付いてはいたが、それが何であれ、父から指導を受けられるのは嬉《うれ》しかった。それらの学習に、アルマークは剣と同じように熱心に取り組んだ。

いつからかアルマークは、剣と寝食をともにするようになっていた。そうすれば、少しの空いた時間にいつでも剣を振るうことができるからだ。

アルマークの剣技は並外れた早さで上達していた。ただ速度を求めるばかりだった素振りは、対《たい》峙《じ》する相手を想定したかのような足さばきや体さばきを交えるようになり、年端も行かない少年の動きは時折、まるで実際に戦場に立っているかのようにすら見えた。

あるとき、アルマークの一連の動きを目にしたレイズは、難しい顔をした。ぴんとくるものがあったからだ。

「お前、どこかで俺の剣を見たか」

父の問いにしばらく逡巡《しゅんじゅん》した後でアルマークは、ガルバと一緒に母隊を抜け出して戦場を覗《のぞ》きに行くことがよくあるのだと白状した。

「さっきのは、いつの剣を真似《まね》した」

レイズのその問いには、アルマークは思い出す素振りも見せずに即答した。

「父さんが、ゼール迎撃傭兵団の〝大盾〟のニナングと戦ったとき」

それはレイズの直感と合致した。しばらく考えた後でレイズは、アルマーク、と息子の名を呼んだ。

「その剣はお前にやる」

「えっ」

「今日から、それはもうお前のものだ」

レイズはにこりともせず、アルマークの頭を乱暴に撫《な》でた。

「それをお前の腕にしろ」

「うん」

アルマークは頬《ほお》を紅潮させて頷いた。

「ああ、しぶといゼール迎撃傭兵団の連中をやっと下がらせたと思ったら」

ある日の夕食後。アルマークがレイズと囲んでいた焚火《たきび》に、団長のジェルスがやってきて乱暴に腰を下ろした。

「次はモーリス傭兵騎士団だとよ。面倒な連中ばかり寄越《よこ》してきやがる」

「相手の渉外がいい仕事をしてるってことだろ」

レイズはそう言って、酒を呷《あお》った。

「それなら明日は総がかりだな」

「ああ。数で押さえ込んで頭を叩き潰す」

ジェルスは〝黒狼〟の二つ名通りの黒い髪を揺らして、レイズに自分の杯を突き出した。

「モーリスの野郎には、そろそろどっちが上か教えてやらねえといけねえからな。ガルカシュはお前に任せるぜ」

「ああ」

レイズは頷く。モーリス傭兵騎士団のエース〝白き疾風〟ガルカシュの名は、アルマークでも知っていた。あのガルカシュと、父さんが戦うのか。アルマークの胸は高鳴った。だが、レイズに注がれた酒を一息に飲み干したジェルスが、アルマークの心を読んだかのようにその肩を叩いた。

「アルマーク、明日は見物に来るんじゃねえぞ。ガルバとメリーにもよく言っとけよ。騎馬同士の戦いじゃ戦場がどこまで広がるか分からねえからな」

「うん」

アルマークは素直に頷いたが、不満な気持ちが顔に出てしまっていたのだろう。ジェルスが去った後で、レイズはアルマークの頭をくしゃりと撫でると、傍らに立てかけられた長剣を指差した。

「戦いってのは、戦場でだけ起こるわけじゃねえ」

レイズは言った。

「いつどこで何が起きるか分からねえ。剣を離すなよ」

「うん」

レイズにその意図はなかったが、アルマークには父の言葉がまるで、俺たちが不在の間、母隊はお前が守れ、と言われているように聞こえた。

「分かったよ、父さん」

初めて父に、自分の剣を認められたような高揚感。アルマークは剣の柄をしっかりと握りしめた。


「今日、お前の父さんと〝白き疾風〟ガルカシュが戦うんだろ？　見たかったなあ」

ガルバの言葉に、アルマークは剣を振る手を休めることなく頷いた。

「うん、見たかった」

「行っちまうか？」

ガルバの目が年頃の少年らしいいけしかけるような稚気を帯びていた。

「どうせばれやしねえって」

「行きたい、私も行きたい！」

飽きることなくアルマークの素振りを眺めていた妹分のメリーが声を上げる。

「お前はだめだ、危ないから」

「私はガルバじゃなくて、アルマークお兄ちゃんに連れていってもらうんだもん」

「おんなじことだろうが、一緒に行くんだから」

「別々に行くもーん」

仲良く言い合いを始めた二人を横目に、アルマークは素振りをやめなかった。

「ごめん、ガルバ、メリー。僕は今日は行かないよ」

アルマークは言った。父さんに母隊を守れって頼まれたんだ。ここを離れるわけにはいかない。

「なんだよ、つまんねえな」

ガルバが拍子抜けしたように頭を掻き、メリーはすぐに「じゃあ私も行かなーい」と座り込んだ。

その日の昼過ぎのことだった。押し殺したような、くぐもった悲鳴にアルマークは気付いた。それとともに人や物の倒れる音と怒鳴り声が続く。

「ははは、やっぱりだ」

はしゃいだような男の声。

「食い物も着る物もたんまりあるぜ。でっかい傭兵団の母隊ってのは違うんだな」

「だから言っただろ、狙い目だって。おら、邪魔だ」

母隊に乱入してきたのは、二人の流れ者の傭兵だった。特定の傭兵団に属さず、戦場から戦場を渡り歩く戦士たち。だが彼らの今日のお目当ては戦場にはなかった。主力がごっそりと抜けて無防備になった黒狼騎兵団の母隊を襲うことにしたからだ。その方が戦場で手練《てだ》れの敵を相手にするよりもよほど実入りがいいと判断したのだった。

アルマークが男たちの背後に近付いたときには、もうすでに何人かの年寄りと女が斬られて倒れていた。アルマークはテントの陰に隠れ、彼らの隙を窺《うかが》いつつ剣を抜いた。毎日毎日、訓練で使っているというのに、剣はひどく重く感じた。周囲に漂う鉄と血の濃厚な臭いに、アルマークの身体《からだ》はぶるぶると震えていた。

怖い。

命を懸けて戦うということ。剣を持ったときから、もっと言えば、自分が傭兵の息子であると理解したときから、もうその覚悟はできているつもりだった。相手を殺そうとするならば、自分が殺される覚悟も同時に持たなければならない。そんなことは、理屈ではとっくに分かっていた。

だが、いざそのときが来てみると。毎日当たり前のように戦場に出ていく父たちの姿からは想像もつかなかった。命を懸けるというのは。自分が今死ぬかもしれないというのは。こんなにも、怖いことなのか。

握る剣の先端が無様なほどに揺れていた。鼓動の音が、すぐそこで狼藉《ろうぜき》を働いている男たちに聞こえてしまうのではないかと危惧するほどにうるさかった。

お前の腕にしろ。

剣を自分にくれるとき、父はそう言った。自分の腕と同じようにこの剣を扱ってみせろと。身体が震えるなら、腕だって震えて当たり前だ。覚悟を決めろ、アルマーク。アルマークは自分に言い聞かせた。あいつらを斬って母隊を守れるのは、今はお前だけしかいないんだぞ。

『男はみんな初めて剣を握るとき、その重さに慄くんです。何でかって言やあ、それが自分の命の重さと同じだからです』


デラクの言葉が蘇《よみがえ》る。そうだ。これは、僕の命。アルマークはそっと自分の剣を頬に付けた。日の光に晒《さら》されているというのに、刀身は驚くほどに冷たかった。初めて剣を握ったあの日のように。

それが、アルマークに心を決めさせた。

僕は、勇敢な傭兵〝影の牙〟レイズの息子だ。大きく息を吸い込む。僕の無様は、父さんの無様だ。たとえここで死ぬことになろうとも、父さんの名に恥じない戦いを。

僕は、傭兵の息子だ。

それだけを心に念じて、アルマークはテントの陰から飛び出した。駆け出した足が、羽が生えでもしたかのように軽かった。踏み出したんだ、ということをアルマークは言葉ではなく感覚で理解した。僕は今、踏み出したんだ。父さんたちと同じ世界に。
剣を振り上げて突進してくる少年に気付いた男たちの顔が、驚愕《きょうがく》で歪む。
斬る。
もうアルマークには、何の迷いもなかった。

アルマーク

3

闇の遺跡編

MFブックス

アルマーク 3 闇の遺跡編

2023年7月25日　初版第一刷発行

著者　やまだのぼる
発行者　山下直久
発行　株式会社KADOKAWA
〒102-8177　東京都千代田区富士見2-13-3
0570-002-301（ナビダイヤル）
印刷・製本　株式会社広済堂ネクスト
ISBN 978-4-04-682558-2 C0093

担当編集　並木勇樹
ブックデザイン　モンマ蚕（ムシカゴグラフィクス）
デザインフォーマット　ragtime
イラスト　柚ノ木ヒヨト
キャラクター原案　出水ぽすか

本シリーズは「小説家になろう」（https://syosetu.com/）初出の作品を加筆の上書籍化したものです。

この作品はフィクションです。実在の人物・団体・事件・地名・名称等とは一切関係ありません。

ファンレター、作品のご感想をお待ちしています

宛先
〒102-0071　東京都千代田区富士見2-13-12
株式会社KADOKAWA　MFブックス編集部気付
「やまだのぼる先生」係「柚ノ木ヒヨト先生」係「出水ぽすか先生」係

二次元コードまたはURLをご利用の上
右記のパスワードを入力してアンケートにご協力ください。

https://kdq.jp/mfb
パスワード
4fvju

● PC・スマートフォンにも対応しております（一部対応していない機種もございます）。
●アンケートにご協力頂きますと、作者書き下ろしの「こぼれ話」がWEBで読めます。
●サイトにアクセスする際や、登録・メール送信時にかかる通信費はご負担ください。
● 2023年7月時点の情報です。やむを得ない事情により公開を中断・終了する場合があります。